Wenn in einer dunklen Nacht ...

Neue deutsche Crimestories

Herausgegeben von
Jürgen Wagner, Heiger Ostertag und Jörg Schwab

Verlag

Umwelthinweis:
Dieses Buch wurde auf chlor- und
säurefreiem Papier gedruckt

1. Auflage 2008

© 2008 SWB-Verlag, Stuttgart

Titelfoto: © Harald Lapp / PIXELIO

Titelgestaltung: Heinz Kasper, Frontera

Satz: Heinz Kasper, Frontera

Druck und Verarbeitung: Schaltungsdienst Lange, Berlin
Printed in Germany
ISBN: 978-3-938719-62-1

www.swb-verlag.de

Inhaltsverzeichnis

Heiger Ostertag „Zum Geleit"	9
Oskar Stöcklin „Der Fremdenführer"	13
Henning H. Wenzel „Der Kauz"	23
Jutta Ochs „Bruno"	28
Eva Markert „Bis dass der Tod sie scheidet"	37
Jochen Reulbach „Der König von…"	41
Angelika Diem „Der Waran und die Schlange"	52
Christa-Eva Walter „Ein Urlaub mit ungeahnten Folgen"	68
Vera Böhme „Nie mehr"	72
Günter Langheld „Das Medaillon"	85
Rena Larf „Aber mich betrügt man nicht …"	91
Claudia Rimkus „Bis dass der Tod uns scheidet"	94
Silvia Sturzenegger-Post „Rosie"	106
Sabine Ludwigs „Der Job"	114
Karin Winteler-Juchli „Falsch zugestellt"	118
Franziska Lesky „Eis"	127
Yvonne Habenicht „Veras Lachen"	135
Heinrich Beindorf „Zeitspringer"	141
Heiger Ostertag „Anderswo"	150
Autorenverzeichnis	159

Zum Geleit

„Wenn in einer dunklen Nacht …", so lautet der Titel unserer kleinen Anthologie von Kriminalkurzgeschichten neuer Krimiautoren – und jeder denkt an Mord!

Was ist das Faszinierende an diesem Genre, an diesen Geschichten von Bluttaten, Mord und Totschlag? Das Thema Mord fesselte die Menschen zu allen Zeiten. „Mord" ist zudem hochliterarisch: Wir finden Mord und Morde bei Shakespeare, etwa im „Hamlet" oder im „Macbeth". Mord gibt es bei den Klassikern, unter anderen in Schillers „Kabale und Liebe", in den „Räubern" und in Goethes „Faust". Auch die Romantik kennt den Mord, so E.T.A. Hoffmann in den „Elixieren des Teufels". Mord präsentiert uns Theodor Fontane direkt „unterm Birnbaum" und Annette von Droste Hülshoff in ihrer „Judenbuche". Von Morden erzählen die Bibel, die Mythologien der Ägypter, Inder, Griechen und die alten Indianerkulturen.

Thomas de Quincey (1785–1859) betrachtete den Mord, wie er schrieb, als schöne Kunst: „Man beginnt allmählich einzusehen, dass zur künstlerischen Vollendung einer Mordtat doch etwas mehr gehört als ein Messer, eine Börse, eine dunkle Gasse und zwei Schafsköpfe, von denen der eine dem anderen den Hals durchschneidet. Scharfsinnige Berechnung, meine Herren, feinsinnige Verteilung von Licht und Schatten, kurzum ein hoch entwickeltes, künstlerisches Empfinden, das sind die unerlässlichen Vorbedingungen zu einer solchen Tat. Jetzt ist es wohl an der Zeit, dass ich Ihnen ein paar Regeln über den Mord, nicht als Anweisung für Ihre Praxis, sondern als Anleitung für Ihr Urteil gebe. So wollen wir denn erstens von der Person sprechen, die sich für die Zwecke des Mörders am besten eignet, zweitens von der Örtlichkeit, drittens von dem Zeitpunkt und anderen Nebenumständen."

De Quincey liefert mit seinen Aussagen sozusagen das Grundmaterial für jede Form der Darstellung eins mörderischen Geschehens.

Die Geburt der Gattung des Detektivromans wird üblicherweise auf das Jahr 1841 datiert, als Edgar Allen Poe seine Erzählung „The Murders in the Rue Morgue" veröffentlichte. Typische Elemente dieser Detektivliteratur liegen auf der Hand. Hauptgegenstand ist ein Mord. Der Held der Geschichte ist ein privat agierender Detektiv (Auguste Dupin), der der Polizei in allen Belangen überlegen ist. Dem Helden steht ein Freund zur Seite, der von den Geschehnissen berichtet. Für unerklärliche Tatumstände gibt es eine rationale Erklärung. Der Hauptverdächtige erweist sich als unschuldig, Täter ist die unverdächtigste Person. Doch nicht Poe, sondern Sir Arthur Conan Doyle wurde mit seinem Sherlock Holmes zum ersten Bestsellerautor dieses neuen Genres. Kein Autor vor ihm schilderte die Ermittlungen eines Detektivs derart unterhaltsam! Dies gelang Doyle vor allem durch seine in der Folgezeit oft kopierte Innovation des Dr. Watson. Holmes' Gehilfe trug durch seine ständigen Fehldeutungen und seine leicht tölpelhafte Art entscheidend zum Unterhaltungswert der Holmes-Geschichten bei. Der Leser fühlte sich Watson überlegen, konnte über ihn schmunzeln und verspürte dadurch Freude am Mitraten. Bewusst setzte Doyle bestimmte Szenen an den Anfang seiner Geschichten. Diese wiederkehrenden Elemente werden zu charakteristischen Erkennungsmerkmalen. Sie und die Personen sind dem Leser bekannt und dadurch sympathisch. Nach ähnlichem Muster verfuhr G. K. Chesterton. Er schuf mit Pater Brown jedoch das krasse Gegenteil eines Sherlock Holmes: Klein, übergewichtig und unscheinbar im Auftreten ist Pater Brown ein „Anti-Holmes". Der Pater ist kein unbeirrbarer Analytiker wie Holmes. Er versetzt sich vielmehr in die Täter hinein und agiert primär als Seelsorger. Der Mord bei Chesterton ist ein Einbruch des Chaos in die Ordnung und wird mit einem schaudernden Mitgefühl erlebt. Pater Brown eröffnet somit die Stunde der Detektive. Detektivtypen gibt es zur Genüge: Agatha Christies Jane Marple und ihr Hercule Poirot. Georges Simenons Maigret, Dorothy Sayers' Lord Peter, Martha Grimes' Inspektor

Jury. Dazu die Figuren von Raymond Chandler und Eric Ambler – Außenseiter allemal und sozial Verlorene. Ein Außenseiter ist auch Dürrenmatts „Kommissär" Bärlach. Ein sympathischer Normalbürger dagegen Donna Leons Commissario Brunetti. Ganz anders ist die Situation bei Patricia Highsmith. In ihrem Werk wird der Mörder zum Helden und über Bände und Jahre hinweg nie gefasst.

Moderne Krimis haben häufig einen Thrillercharakter wie bei John Le Carré in „Die Libelle" oder bei Frederick Forsyth („Der Schakal"). Aktuell sind Krimis mit lokalem Bezug der „Hit". Dazu zählen unter anderem Jacques Berndorfs Eifelkrimis, die mörderischen Werke Bernhard Schlinks („Selbs Mord"), „Emerichs Nachlass" von Axel Kuhn. Und die Stuttgarter Kriminaltrilogie um die Eurythmistin Anna Tierse.

Im Zentrum dieser Werke steht die alte Krimifrage nach dem Täter: „Wer war es?" Natürlich möchte der Leser wissen, was sich wirklich ereignet hat und er hofft auf die Lösung der Rätsel. In der vorliegenden Auswahl geht es – mit oder ohne Ermittler – entsprechend rätselhaft zu. Seltsame „Fremdenführer" (Oskar Stöcklin: Der Fremdenführer) und „Käuze" (Henning H. Wenzel: Der Kauz) wie „Bruno" (Jutta Ochs: Bruno) oder der „König" (Jochen Reulbach: Der König von …) treiben ihr Unwesen. Seltsame Dinge geschehen: „Auf dem weißen Porzellan des Waschbeckens befand sich eine schwarze Spinne" (Claudia Rimkus: Bis dass der Tod uns scheidet) und führen unaufhaltsam zu einem schrecklichen Ende: „Sie schenkten ihm Gelassenheit, wenn er sie im Zorn fast zerquetschte oder seine Fingernägel angstvoll in ihr Fleisch grub" (Eva Markert: Bis dass der Tod sie scheidet). Kurz, der Tod führt Regie: Ob in „Veras Lachen", „ihr Kopf tauchte kurz zwischen den Schaumkronen mit aufgerissenem Mund, wie zum Schrei bereit, auf." (Yvonne Habenicht) oder in „Rosie": „für den Knochen würde sie ein Beil brauchen" (Silvia Sturzenegger-Post). Und wer „betrügt" (Rena Larf: Aber mich betrügt man nicht), dessen Tun hat „Folgen" (Christa-Eva Walter:

Ein Urlaub mit ungeahnten Folgen). Herzen hören für Sekunden auf zu schlagen, um dies nie mehr zu tun (Vera Böhm: „Nie mehr"). Zeugen erscheinen und tauchen unter („Der Waran und die Schlange" von Angelika Diem). „Würgegeräusche erfüllen die Luft" (Karin Winteler-Juchli: Falsch zugestellt), „Glatzen" werden überführt (Heinrich Beindorf: Zeitspringer), Versicherungen „zahlen nicht bei Selbstmord!" (Günter Langheld: Das Medaillon) und „überall war Blut!" (Sabine Ludwigs: Der Job). Das Ende ist im „Anderswo", im „Eis" (Franziska Lesky), im leeren Reich der Toten.

Genug des Grauens – ich hoffe, die verehrten Leser finden an diesem dunklen und schrecklichen Treiben ihre wahre, geradezu mörderische Freude.

Heiger Ostertag

Oskar Stöcklin
Der Fremdenführer

Als Susanne den Mann sah, wusste sie sofort: Das ist er. Ja, bestimmt, er musste es sein. Groß, schlank, um die dreißig. Die blonden Haare, der Schnurrbart, das scharfgeschnittene Gesicht. Und vor allem die Augen. *Blau wie der Himmel und unergründlich wie das Meer.* Genau so hatte ihn Myrtha geschildert.

Myrtha. Susanne hatte sie nie gemocht, von klein auf nicht. Die beiden galten zwar als unzertrennlich. Aber was heißt das schon? Unzertrennlich! Natürlich waren sie unzertrennlich. Aus dem einfachen Grund, weil jede befürchtete, sie käme gegenüber der anderen zu kurz. Jede hatte Angst, die andere erhalte etwas, was sie nicht hätte. Oder sie bekäme von etwas ein bisschen mehr als die andere. Es ging bei dieser Unzertrennlichkeit nicht um Zuneigung, es ging um Überwachung. Und wenn es geschah, dass die eine etwas erhielt und die andere nicht, entbrannte ein bitterer Streit. Lieber nahm man in Kauf, dass ein Spielzeug in Brüche ging, als dass man es der Schwester überlassen hätte. Die Eltern konnten alle Schätze der Welt als Ersatz anbieten, sie wurden nicht im Geringsten beachtet. Begehrenswert war einzig und allein das, was die andere hatte.

Von der Insel war Myrtha restlos begeistert. Sie schwärmte von der Landschaft, den Leuten, dem Essen, dem blauen Meer, von der normannischen Festung. Festung? Seit wann interessierte sich Myrtha für normannische Festungen? Irgendwelche Museen oder alte Kirchen, das wäre noch verständlich. Die würden ja auch zu ihr passen. Aber eine normannische Festung? Ah, da kam es. Es war nicht die Festung, es war der Fremdenführer, der es ihr angetan hatte!

Er ist groß, schlank und blond. Er trägt einen Schnurrbart und ist so um die dreißig, hatte Myrtha geschrieben. *Am eindrücklichsten aber sind seine Augen. Blau wie der Himmel und unergründlich wie das Meer. Ich sage dir, wenn er dich anschaut, bekommst du weiche Knie.*

Da schau her. Da hatte sich doch das alte Mädchen tatsächlich noch verliebt. Susanne spürte die Genugtuung zwischen den Zeilen. Mit welchem Triumph musste Myrtha diesen Brief geschrieben haben. Jetzt hatte sie etwas. Endlich hatte sie etwas, das Susanne nicht hatte. Etwas, das sie ihr nicht wegnehmen konnte.

Der Streit mit der Schwester hatte die Kindheit von Susanne geprägt. Lächelnd dachte sie daran zurück und erinnerte sich mit Genugtuung daran, dass sie meistens die Siegerin geblieben war. Auch, als sie älter wurden und die Puppen jungen Burschen Platz machten. Als Erwachsene gingen sie sich möglichst aus dem Weg, trafen sich nur bei unvermeidlichen Familienfeiern. Nach dem Erbstreit hatte Susanne die Verbindung ganz abgebrochen und nichts mehr von Myrtha gehört. Bis, ja, bis sie den Brief erhielt, von dieser Mittelmeerinsel. Susanne wusste, dass die Schwester seit ihrer Pensionierung in der halben Welt herumreiste. Aber ein Brief von ihr? Eigentlich seltsam.

Das war vor zwei Wochen gewesen. Seither hatte sie nichts mehr von ihr gehört. Jetzt stand Susanne selbst vor der normannischen Festung. Der Ort war wirklich überwältigend. Die Burg erhob sich auf einem Hügel, lag hoch über der alten Hafenstadt. Susannes Blick schweifte über das tiefblaue Meer, über die wie Blumen hingestreuten Inseln, über die malerische Stadt. Die Festung selbst war eher düster und abweisend. Sie hatte einen quadratischen Grundriss. Ihr Dach war zum Teil eingefallen, was ihr von der Stadt aus das Aussehen eines faulen Zahns verlieh.

Susanne war nicht allein. Sie war Teil einer Gruppe, die den steilen Aufstieg auf sich genommen hatte, um die berühmte Festung auch von innen bestaunen zu können. Ein älteres Ehepaar stand im spärlichen Schatten. Beide waren spindeldürr. Er hatte einen Kunstführer in der Hand, den Daumen zwischen zwei Seiten geklemmt, sie trug eine Thermosflasche mit Tee. Schweigend harrten sie der Dinge, die da kommen sollten und blickten missbilligend auf zwei dickliche, kleine Mädchen, die kreischend erbittert um ein Reiseandenken kämpften. Es war ein scheußliches Modell der Festung. Die Eltern – der Vater groß und massig, die Mutter klein und fein – versuchten vergeblich, den Streit zu schlichten. Schließlich löste der Papa das Problem. Er nahm ihnen den Gegenstand des schwesterlichen Kampfes weg, was das Kreischen verstärkte, öffnete den Rucksack am Rücken der Mama, steckte das Andenken hinein und entnahm ihm dafür eine Dose Bier.

Zwei junge Pärchen im Stadium äußerster Verliebtheit küssten sich, trotz der Hitze eng umschlungen. Widerliche Schleckerei, dachte Susanne, in aller Öffentlichkeit. Die könnten das zu Hause tun. Die Gruppe wurde vervollständigt durch drei ältere Herren in kurzen Hosen, mit Hängebäuchen und roten Köpfen.

Sie alle wollten sich von Myrthas Schwarm – er war es offensichtlich – durch das düstere Überbleibsel einer vergangenen, wilden Zeit führen lassen.

Endlich erschien der Führer in diese Vergangenheit. Er war wirklich genau so, wie ihn Myrtha geschildert hatte. Wo mochte sie bloß stecken? Wahrscheinlich war sie wieder daheim. Der junge Mann begrüßte die Gruppe und ließ seine Augen – *blau wie der Himmel und unergründlich wie das Meer* – über die Teilnehmer schweifen. Da geschah etwas Unerwartetes. Als er Susanne sah, blieb sein Blick erstaunt an ihr hängen. Doch er fasste sich schnell. Am Gürtel trug er einen riesigen Schlüsselbund. Er wählte umständlich einen Schlüssel aus, öffnete langsam das Portal, verbeugte sich leicht vor seinen Gästen und ließ sie eintreten. Die Kühle, die sie nach der Hitze draußen empfing, ließ die kleine Gruppe erschauern. Das ältere Ehepaar zog eine Jacke an, die Kinder klagten über die Kälte, die Verliebten wärmten sich gegenseitig, die kurzhosigen Herren überzogen sich mit Hühnerhaut.

Susanne fror nicht. Gebannt schaute sie auf ihren Führer. Er war wirklich genau so, wie ihn Myrtha beschrieben hatte. Es beschlich sie ein seltsames Gefühl, wenn sie daran dachte, dass die Schwester vor ein paar Wochen ebenfalls hier gestanden war.

Zu sehen gab es eigentlich nicht sehr viel, außer alten, feuchten Mauern und kahlen, ungemütlichen Räumen, durch deren leere Fensteröffnungen hartes Sonnenlicht fiel. Zuerst kamen sie in einen großen, rußgeschwärzten Raum. Das sei die Küche gewesen, erklärte ihr Führer.

Niemand konnte sich das vorstellen. Doch dem Führer gelang es, die toten Mauern mit Leben zu füllen. Seine eindringlichen Worte ließen in der alten Küche einen Ochsen am Drehspieß schmoren – die drei Rotköpfe klopften sich auf die Bäuche – und es ertönte das Rufen und Schreien der Köchinnen und das Scheppern von Pfannen. Im alten Rittersaal schilderte er die Wappen und Wandteppiche so lebendig, dass sie vor den Augen der staunenden Besucher wieder auferstanden und der ältere Herr mit dem Kunstführer eifrig Notizen machte. In der großen Stube saßen stickende Damen, in der Schlafkammer beschrieb er die einst vorhandenen Möbel und ihren Verwendungszweck so anschaulich, dass sich die beiden jungen Mädchen unwillkürlich noch etwas mehr an ihre Partner schmiegten.

Seine Stimme ist herrlich. Wie Musik. So weich und trotzdem so stark. Er muss ein wunderbarer Sänger sein.

Allerdings konnte man nicht alle Räume besichtigen. Ein Schild mit der Aufschrift „Privat" hielt die Gäste davon ab, eine Tür zu öffnen, die offensichtlich aus der heutigen Zeit stammte. „Dahinter ist mein bescheidenes Heim. Hier gibt es nur Privatführungen", witzelte der Führer.

Er hat mich zu einem Drink eingeladen. Stell dir vor, ich glaube, er ist in mich verliebt.

„Wir nähern uns jetzt dem ältesten Teil der Festung. Und dem interessantesten."

Er sprach nicht laut, aber seine Stimme drang durch die feuchten Gänge, füllte die alten leeren Räume. Obwohl es nicht mehr so kühl war, begann Susanne nun doch zu frösteln. Schließlich stand die Reisegruppe vor einer mächtigen Türe. Sie war aus Holz, mit Eisen beschlagen. Drei Schlösser verwehrten den Zutritt.

„Jetzt kommt der gemütliche Teil. Aber ich warne Sie. Hat jemand schwache Nerven? Oder ein schwaches Herz? Wenn das für Sie zutrifft, dann bleiben Sie lieber draußen."

Das ältere Ehepaar lächelte säuerlich. Die Rotköpfe grinsten. Die Kinder wurden still. Die verliebten Jünglinge wuchsen um zwei Zentimeter und hielten ihre Begleiterinnen fester.

„Was, niemand bleibt hier? Das ist ja wunderbar. Alles mutige Leute. Aber sagen Sie nachher nicht, ich hätte Sie nicht gewarnt!"

Der Fremdenführer steckte Schlüssel in die drei Schlösser und öffnete die Türe. Mit protestierendem Ächzen drehte sie sich in den Angeln. Die Besucher drängten sich in einem Gang, in dem die kleine Gruppe knapp Platz hatte. Plötzlich schraken alle zusammen. Mit einem donnernden Krachen war die Tür zugeschlagen. Die Leute standen im Dunkeln, in schwärzester Nacht.

Kaum war der Donner verklungen, jagte ein schauriges Gelächter den Schlossbesuchern einen weiteren Schrecken in die Glieder. Aber noch bevor jemand losschreien konnte, ging das Licht an und der Fremdenführer stand lachend vor ihnen. Er drückte auf einen Knopf am Kassettenrekorder, das Lachen hörte abrupt auf.

„Und, habe ich zu viel versprochen? Ist doch romantisch, oder?"

Die Begeisterung hielt sich offenbar in Grenzen, und auch Susanne hatte eigentlich andere Vorstellungen von Romantik. Aber schon ertönte wieder die sanfte und doch eindringliche Stimme. „Wir betreten jetzt den Lieblingsraum meines Vorfahren. Meines Urururugroßvaters. Ich habe einmal den Stammbaum zurückverfolgt, bis zu ihm. Es sind achtunddreißig ‚Ur'."

Der Fremdenführer rasselte mit dem Schlüsselbund, wählte fünf Schlüssel aus und steckte sie in die fünf Schlösser der Tür am Ende des Ganges. Sie ließen sich erstaunlich leicht öffnen, offenbar waren sie gut geölt. Der achtunddreißigfache Urenkel schob einen Riegel zurück, und die Tür schwang auf.

Zögernd betrat die Gruppe den Raum. Auch hier schaltete der Führer die elektrische Beleuchtung ein, und ein wohlig unheimlicher Schauer rieselte über die Rücken der neugierigen Besucher. Zu ihrer großen Überraschung war der Raum nicht kahl, sondern beinahe üppig ausgestaltet. Das Licht kam von einem riesigen Leuchter, der an einer prächtigen Holzdecke hing.

Die Wände versteckten sich hinter Teppichen mit Jagdszenen. Jagdszenen? Beim näheren Hinsehen entdeckte man, dass es eine ziemlich frivole Jagdgesellschaft war, die sich in verschiedenen Szenen vergnügte. Gegenüber der Eingangstür stand ein mächtiges Himmelbett. Was die Schauer auslöste, waren die Fesseln an den Ecken des Bettes, die Handschellen auf dem kleinen Tischchen, die zwei Peitschen, die erwartungsvoll in einer Ecke standen. Mama nahm ihre Töchter an die Hand, die Verliebten rückten zusammen, die Rotköpfe grinsten, der ältere Herr mit dem Kunstführer machte Notizen.

Er wird mich sogar heute Abend privat durch die Festung führen und mir Räume zeigen, die nicht öffentlich sind. Nachher gehen wir zusammen essen.

Ein spöttisches Lächeln umspielte Susannes Lippen. Sie stellte sich vor, wie Myrtha vor diesen Bildern gestanden war und hingegeben der Stimme ihres Verführers gelauscht hatte. Und dann – vielleicht sogar in diesem Bett?

„Hier verbrachte mein Vorfahr einen großen Teil seines Lebens. Was er hier getan hat? Ihnen muss ich das ja nicht erklären."

War es Zufall oder Absicht? Jedenfalls schaute er zu ihr. Es gelang ihr, nicht rot zu werden, sondern seinen Blick zu erwidern.

Doch, es lief nicht schlecht. Myrtha, ich fürchte, ich muss dir schon wieder etwas wegnehmen!

Mit diesem Höhepunkt war die Führung beendet. Die Gruppe strebte ins Tageslicht, offensichtlich froh, wieder in die heutige Zeit zurückkehren zu dürfen. Nur Susanne blieb beim Eingang stehen, wartete, bis der Fremdenführer das Portal geschlossen und verriegelt hatte und zückte die Kamera.

„Darf ich? Mit der Burg als Hintergrund?"

„Selbstverständlich. Bitte."

Ein paar Aufnahmen später standen die beiden allein vor der Tür. Gelegenheit, die Sache voranzutreiben.

„Sie kennen sich doch bestimmt sehr gut aus auf der Insel. Könnten Sie mir ein gutes Speiserestaurant empfehlen? Etwas Typisches für die Gegend?"

„Selbstverständlich kann ich das. Aber stehen wir doch nicht an der heißen Sonne. Darf ich Sie zu einem Drink einladen?"

Natürlich hatte Susanne nichts dagegen. Nachdem sie sich gegenseitig vorgestellt hatten – er hieß Carlo –, stiegen sie gemeinsam in die Stadt hinunter.

Der mehrfarbige Drink unter Olivenbäumen war kühl, süßbittersäuerlich und entspannend. Die Stimme des Fremdenführers wurde immer faszinierender. Begeistert erzählte er vom Schloss, seinen Vorfahren, den alten Zeiten. Schließlich kam es. „Sie sind nicht nur sehr schön, sondern auch sehr kultiviert."

Jetzt konnte Susanne ein leichtes Erröten nicht verhindern. Bescheiden wehrte sie ab. „Doch, doch, ich habe bemerkt, dass Sie mehr Interesse an der Burg als die andern hatten. Ich habe mich gefragt, was eine so schöne Frau an diesen alten Mauern interessiert?"

Die Röte auf Susannes Gesicht verstärkte sich.

„Ich bin eben an Geschichte interessiert."

„An Geschichte? Dann lieben Sie bestimmt das Mittelalter."

„Ja, doch, ich finde es eine interessante Zeit."
„Und die Burg? Hat Sie Ihnen gefallen?"
„Sie hat mir sehr gefallen."
„Und der Führer? Sind Sie mit ihm zufrieden?"
Carlo lehnte sich zurück und heftete seine blauen Augen auf Susanne. Die Röte war nicht mehr steigerungsfähig.
„Ja, ich bin sehr zufrieden."
Lächelnd schaute er sie an. War Myrtha auch hier gesessen? Vielleicht gerade auf diesem Stuhl? Hatte er sie auch so angeschaut? Das mit den weichen Knien jedenfalls stimmte. Da ertönte wieder seine Stimme.
„Haben Sie Lust, mehr davon zu sehen? Wenn Sie wollen, mache ich für Sie eine Privatführung. Die schönsten Räume sind nicht öffentlich. Zum Beispiel das Turmzimmer. So gegen Abend? Wir könnten nachher essen gehen. In einem typischen Restaurant."
Selbstverständlich hatte Susanne nichts dagegen. Sie verabredeten sich um achtzehn Uhr bei der Burg.

Im Hotelzimmer legte sich Susanne auf das Bett. Die Hitze, der Drink, die Führung hatten sie schläfrig gemacht. Sie nickte ein. Im Traum glitt sie zurück in ihre Kindheit, Erinnerungen tauchten auf. Sie sah das verweinte Gesicht der kleinen Myrtha, hörte ihre kreischende Stimme: „Mama, Susi hat mir den Bären genommen! Sie nimmt mir immer alles weg!" Susanne hielt den Bären fest in ihren Armen. „Jetzt gehört er mir!" Aber es war gar nicht der Bär. Es war das Modell der Burg. Nein, es war nicht die Burg. Es war eine Puppe. Und die Puppe war lebendig. Es war Carlo!
Schweißgebadet wachte Susanne auf. Sie brauchte einige Zeit, bis sie wusste, wo sie war. Ach ja, sie lag ja im Bett, im Hotel. Der Ventilator an der Decke des Hotelzimmers schob träge die abgestandene Luft vor sich her. Durch das geöffnete Fenster drang Straßenlärm herein. Eine Kirchenuhr schlug die volle Stunde.
Erschrocken sprang Susanne auf. Beruhigt stellte sie fest, dass es erst siebzehn Uhr war. Da blieb noch genügend Zeit.

Sie duschte sich ausgiebig. Dann stellte sie sich vor den Spiegel und betrachtete sich lang und gründlich. Was sie sah, stellte sie zufrieden. Doch, sie konnte sich noch durchaus sehen lassen. Natürlich war man nicht mehr zwanzig, auch nicht vierzig. Aber immerhin. Dem jungen Führer schien sie zu gefallen. Sorgfältig zog sie sich an.

Pünktlich um achtzehn Uhr war sie bei der Burg. Carlo war bereits da. Er hatte sich schön gemacht. Sein blondes Haar wehte im Abendwind, die blauen Augen strahlten, das halb aufgeknöpfte Hemd ließ den Blick frei auf eine braungebrannte, golden behaarte Brust. Er öffnete das Portal, verbeugte sich feierlich und sagte: „Als letzter Spross meiner Familie heiße ich Sie im Schloss meiner Ahnen willkommen. Es ist für mich eine große Ehre und ein nicht minder großes Vergnügen, Ihnen die Geheimnisse unseres bescheidenen Wohnsitzes zu zeigen. Nach Ihnen, meine Dame."
Er ließ Susanne eintreten, dann folgte er nach. Hinter ihnen fiel die Türe krachend ins Schloss.

Friedrich Holtz trank den letzten Schluck Tee und stellte die Tasse auf das kleine Tischchen. Er war erleichtert. Der schwierige Teil seines Besuches war vorbei, und es war gut gegangen. Die nette Dame ihm gegenüber hatte sehr gefasst reagiert. Das war weiß Gott nicht immer so. Seit er in der Kriminalabteilung tätig war, graute ihm vor nichts mehr als vor solchen Besuchen. Es riss sich auch niemand darum, aber jemand musste sich opfern. Jemand musste bei einem gewaltsamen Tod die Angehörigen unterrichten. Aber diesmal war es wirklich gut gegangen. Er hatte der älteren Dame behutsam beigebracht, wo und wie man die Leiche ihrer Schwester gefunden hatte. Auf Einzelheiten verzichtete er, um die Dame zu schonen. Es genügte, wenn er ihr sagte, dass man die Leiche in einer alten Festung auf der Insel gefunden hatte, dass man den Täter verhaftet hatte, dass es der Fremdenführer war, der sich als Nachkomme der Schlossbesitzer ausgegeben hatte – offenbar hatte er selber daran geglaubt -, dass er jetzt in einer geschlossenen Anstalt sei und dass das lokale Verkehrsbüro belangt werden könne, da es in höchst fahrlässiger Weise seinen Angestellten gewähren ließ. Er hatte nicht erzählt, dass die Schwester gefesselt war, am ganzen Körper Folterspuren aufwies und mit einem Kleidungsstück stranguliert worden war. Auch den Alkohol im Blut des Opfers erwähnte er nicht. Aus Rücksicht auf die Schwester.

Als der Beamte gegangen war, holte Myrtha aus ihrer Jackentasche ein zerknittertes Stück Papier. Sie strich es glatt und las einmal mehr, was darauf geschrieben stand. Es war der Brief, den sie Susanne geschrieben hatte. Es war für sie ein Leichtes gewesen, ihn aus dem Hotelzimmer zu holen, nachdem sie gesehen hatte, wie ihre Schwester in der Burg verschwand. Nun trat sie vor den großen Spiegel im Schlafzimmer. Lange blickte sie sich an.

Ja, meine Liebe, so geht es. Ich wusste doch genau, dass du es nicht lassen kannst. Hast du denn nicht gemerkt, dass der Kerl wahnsinnig ist? Mir war das sofort klar. Hätte ich dir sonst von ihm geschrieben? Den gönne ich dir von ganzem Herzen. Und du, du wirst mir nie mehr etwas wegnehmen!

Henning H. Wenzel.
Der Kauz

Brigitta wusste, dass sie sich verspäten würde und fuhr deshalb so schnell, wie das alte Auto es zuließ. Es schnaufte und ächzte und sie musste sich wohl oder übel an den Gedanken gewöhnen, sich bald ein neueres Modell zu besorgen. Dabei liebte sie diesen alten Wagen. Es war das Erste, was sie von Anton bekam, als sie anfingen, miteinander auszugehen. Sie hatte ihm erzählt, sie wolle endlich die Wohnung ihrer Mutter verlassen, habe sich ein eigenes Zimmer besorgt und als sie den geplanten Umzug erwähnte, bot er ihr dieses Auto an.

Das mit ihrer Mutter entsprach nicht ganz der Wahrheit, aber sie fand, er tat genau das Richtige im richtigen Moment und prompt verliebte sie sich fast gleichzeitig in Anton und in das Auto.

„Betrachte es als Dauerleihgabe", sagte er und verzog dabei sein Gesicht auf diese ihm ganz spezielle Art, über die sie immer lachen musste. Er tat das oft. Einfach nur, um ihr Lachen zu hören, wie er sagte.

In der Zeit vor Anton hatte sie vermieden, emotional zu lachen. Die Leute erschraken meist davor und als kleines Mädchen ging sie deswegen häufig durch die Kinderhölle. Damals gewöhnte sie sich an, nur zu grinsen oder zu kichern. Dann ließ man sie in Ruhe. Von Anton wurde sie beinahe zum Lachen gezwungen. Er liebte es.

Nun würde sie also zu spät kommen. Verspätungen mochte sie überhaupt nicht. Die Sonne begann unterzugehen und sie machte sich Sorgen um die beiden, die da seit ein paar Tagen durch den Wald streiften, auf ihrem geliebten Hochstand saßen, Geschichten erzählten und die Natur beobachteten. Irgendwann, so glaubte sie, gingen Anton bestimmt auch die Geschichten für Belly aus. Belly war jetzt vier Jahre alt und hieß eigentlich Anabell. Doch „Bell" war das erste Wort, das ihre Tochter hervorbrachte und so blieb es bei Belly.

Anton hatte nie auch nur den Hauch eines Zweifels und so verlor Brigitta nach und nach den Kontakt zu ihrer Vergangenheit und die Angst, irgendwann entdeckt zu werden, verschwand. Sie war klug. So dachte sie.

Anfangs fiel Anton die Frau auf, indem er sie nicht sah. Er bekam sie erst nach einigen Tagen zu Gesicht und doch wusste er immer, wenn er dort war, ob sie auch dort war. Es war häufig sehr voll und sehr laut. Entweder lärmten vor den Fernsehern Anhänger irgendeiner Sportmannschaft oder es kamen Musiker, die ihre Instrumente mitbrachten und alte Lieder sangen. Doch diese Frau war lauter als alle anderen. Nicht, dass sie besonders laut erzählte. Im allgemeinen Stimmengewirr verlor sie sich genau so wie alle anderen auch. Er verliebte sich in ihr Lachen. Es war ein fast eruptives Lachen. Wie eine Explosion. Und dann erst ihre Augen. So hell und stechend, so intensiv und strahlend. Das war es, was ihn heute mit ihr verheiratet sein ließ. Natürlich kam noch anderes dazu oder verschwand wieder, aber oft, wenn sich beide irgendwie in eine Sackgasse gelebt hatten, brauchte er sie nur zum Lachen zu bringen und sie waren wieder mit sich und der Welt versöhnt.

So ging das nun schon einige Jahre und ihre Augen strahlten immer noch. Er war glücklich mit dieser Frau und neben ihm saß Belly, ihre gemeinsame Tochter. Sie hatte die großen und hellen Augen ihrer Mutter geerbt. Von ihm schien sie äußerlich nicht viel zu haben. Kommt noch, dachte er.

Die beiden hockten seit Stunden auf dem alten Hochstand, warteten auf Brigitta und sahen dabei einem kleinen Steinkauz zu, wie er um ein vermeintliches Beutetier kreiste. Um was es dabei ging, konnten sie nicht sehen. Er stieg auf und nieder und schien sich irgendwie nicht entscheiden zu können. Dann landete er schließlich und verschwand aus der Sicht von Mann und Kind.

Mark hatte sie endlich gefunden. Sie fuhr immer noch das alte Auto. Er fragte sich, wie lange diese Kiste noch durchhalten würde. Er hatte sie damals aus den Augen verloren.

War sich ihrer zu sicher gewesen. Es neigten viele dazu, sie zu unterschätzen. Doch sie war schnell. Sie schaffte es immer wieder, vor ihm zu fliehen. Er musste besser achtgeben. Sie wurde misstrauischer.

Seit er festgestellt hatte, dass das kleine Mädchen an ihrer Seite ihm immer ähnlicher sah, war er sicher, dass sie wieder einmal nicht die Wahrheit gesagt hatte. Und dieses Mal war es genau das eine Mal zuviel. Das Maß war voll. Er musste handeln. Sie war gefährlich und er hatte genug von ihren Spielchen. Erst ihre Eltern. Dann seine. Er selbst war ihr nur knapp entkommen. Es waren ihre Augen, dachte er. Mark würde nie in seinem Leben diese Augen vergessen.

Er flog nicht gern und erst recht nicht bei so einem Wetter. Es war ihm zu kühl und zu feucht. Der Wind schnitt in den Augen und das vorherige Schnäbeln im Gefieder, um es vor Nässe zu schützen, ging ihm gehörig auf den Keks. Er saß lieber still in seiner dunklen Behausung und blickte, trocken und warm am Körper, über die Lichtung bis zum immergrünen Wald. Wenn er aber doch hinaus musste, sei es aus Gründen der Ernährung oder wegen des Sauberhaltens seiner Höhle, verfluchte er die Zwänge, denen er so artgerecht ausgesetzt war. Er war eben ein komischer Kauz, ohne viel Sinn für Humor. Hier draußen gab es sowieso nicht viel zu lachen. Eigentlich lachte er nie. Käuze werden nicht komisch genannt, weil sie komisch sind, sondern komisch aussehen, und selbst das liegt nur im Auge des Betrachters.

Der alte Wagen hustete, stotterte und erstarb. Brigitta blieb ruhig sitzen, versuchte ihren Kopf klar zu bekommen und überlegte, was sie als nächstes tun sollte. Erleichtert stellte sie fest, dass sie nicht, wie so oft, ihr Telefon vergessen hatte und als sie danach greifen wollte, hielt neben ihr ein Motorrad. Der Fahrer winkte ihr zu und schien Hilfe anbieten zu wollen. Sie kurbelte die Scheibe runter, sah ihr Spiegelbild in einem Helmvisier, hörte ein kurzes Zischen und dann brannte es in ihren Augen.

Wo blieb sie nur, dachte Anton. Weit und breit war nichts von ihr zu sehen. Kein Hupen, kein Anruf. Nichts. Hatte sie mal wieder ihr Telefon vergessen? „Temporary not available", sagte die Automatenstimme, wenn er versuchte, sie anzurufen. Sie kann sich nicht verfahren oder verlaufen haben, sagte er sich im Stillen. Sie waren nicht zum ersten Mal hier draußen. Die Zeit verging und Anton wurde langsam nervös. Es wurde immer dunkler und er und Belly waren nicht gut genug für eine weitere Nacht im Freien ausgerüstet. Das Wasser wurde knapp und diese Nacht schien kühler zu werden als die vorherigen. Zu allem Übel begann es auch noch zu regnen. Er versuchte, sich seine Unruhe so wenig wie möglich anmerken zu lassen und erzählte dem neugierigen Mädchen neben sich alles, was er über Steinkäuze wusste. Er hoffte, sie damit ein wenig abzulenken.

„Sie sind sowohl tag- als auch nachtaktiv", erklärte er und fand es beruhigend, dass Belly nicht zu bemerken schien, dass ihre Mutter seit Stunden überfällig war.

„Sie fressen Insekten, kleinere Nagetiere und ab und zu auch mal andere Vögel. Sie nisten in Felsen- oder Baumhöhlen, in Erdbauten oder verlassenen Gebäuden. Schau, so wie das, was man dort hinten am Horizont sehen kann. Und dort, wo sie wohnen, brüten sie dann auch, zirka siebenundzwanzig Tage."

Belly mochte solche Geschichten. Sie gefielen ihr selbst dann noch, als sie herausfand, dass er ab und zu ein wenig flunkerte und die Dinge so hindrehte, dass sie immer ein gutes Ende nahmen.

Er flog mit schmerzenden Augen über die Ebene hinweg. Ihm knurrte der Magen und er hoffte, dass schnell irgendein Tier so dumm war, seinen Bau bei diesem Mistwetter zu verlassen. Unter ihm bewegte sich jedoch nichts. Blöd, dachte er. Wo sind die alle? Ich habe Hunger und mir ist kalt. Er kreiste und versuchte, den Wind von hinten zu bekommen. Das war zwar anstrengender, bekam aber seinen Augen besser. Durch Tränen hindurch kann keiner besonders weit sehen und weit sehen war so ziemlich das Einzige, was er glaubte, gut zu können. Dann sah er es. Es lag regungslos in einer Mulde. Es war groß. Es war weiß. Es hatte keine Federn und kein Fell. Dafür aber Augen. Große Augen. Und diese Augen starrten ihn an. Er wusste nicht wie lange schon, doch merkte er, dass es ihn gehörig störte. Niemand hat mich bisher so durchdringend angesehen, dachte er. Er flog tiefer, um es sich aus der Nähe zu betrachten. Es bewegte sich wirklich nicht und lag da, als wäre es eben vom Himmel gefallen. Sein Magen machte ihn nervös. Diese Augen machten ihn nervös. Er musste etwas gegen diesen Blick tun. Er flog so niedrig er konnte und rechnete mit Flucht oder einer anderen schnellen Bewegung, die üblicherweise in diesen Jagdmomenten einsetzten. Doch nichts geschah. So etwas Ungewöhnliches hatte er noch nie gesehen. Ein größerer Korpus, aus dem zu beiden Seiten längliche Auswüchse hervorgingen. Dann noch das kleinere, runde Ding, aus dem langes, helles Gras zu wachsen schien, und aus dem diese Augen starrten. Unablässig und direkt in seinen kleinen Kopf. Nach wie vor bewegte sich nichts. Er landete und seine Muskeln waren gespannt, um sofort wieder verschwinden zu können, wenn es nötig wäre. Doch es geschah nichts. Seine Krallen stachen in die weiche, kalte Oberfläche. Überall waren Spuren einer rotbräunlichen Flüssigkeit, die angetrocknet zu sein schien.

Er sah nur eine einzige Lösung und schnappte zu. Einmal, zweimal. Oh, das war einfach. Er musste nicht mal kauen. Nur schlucken. Es schmeckte anders als das, was er bis dahin kannte. Es zerlief sozusagen auf der Zunge. Das gefiel ihm. Zufrieden hob er wieder in die Luft und bemerkte erleichtert, dass ihn nun nichts mehr aus den jetzt dunklen Höhlen anstarrte. Er schrie vor Glück.

Nicht weit von dem Vogel entfernt sagte ein Mann zu einem Kind: „Hörst du das? Wenn ein Steinkauz lacht, ist das ein gutes Zeichen. Mami kommt bestimmt bald."

Jutta Ochs
Bruno

Lene erinnerte sich an ihr Leben, bevor Sarah gekommen war. Sie tat das gerne, weil sie sich selbst wie eine Fremde in einem Schwarzweißfilm betrachtete: Ein bisschen entsetzt, weil es schon so lange her schien, ein bisschen mitleidig, weil diese Person eine so kleine, enge Existenz hatte. Noch lieber verlor sich Lene in der Rekonstruktion ihrer ersten Treffen mit Sarah. Wenn sie sich vertat, fing sie wieder von vorne an, als wäre die peinlich eingehaltene Reihenfolge wichtig für all das, was später kam.

In dem dunklen Treppenhaus mit den knarrenden Stufen hatte Sarah ihr die Hand hingestreckt, als sie sich schüchtern vorbeidrücken wollte. „Guten Tag, ich bin Sarah Wagner, Ihre neue Nachbarin." An diesem Tag war ein erster Lichtstreifen in die Dämmerung ihres bisherigen Lebens eingedrungen. Nur dass Lene bis dahin gar nicht gewusst hatte, wie dunkel es dort war. Sie hatte es einfach hingenommen. Von Montag bis Freitag in die Warenbuchhaltung des Kaufhauses, Lieferscheine und Rechnungen kontrollieren und zum Monatsende der Abschluss. Am Wochenende fuhr sie in den Vorort, wo ihre Mutter lebte, bei schönem Wetter mit dem Wagen, bei schlechtem mit der S-Bahn. Und dann kam Sarah und der Schwarzweißfilm in Lenes Kopf begann ganz langsam farbig zu werden. Von ihren rotblonden Locken und den strahlenden, blaugrauen Augen ging ein Leuchten aus. Sarahs unglaubliches Lächeln zog dem Gegenüber unwillkürlich die Mundwinkel breit. „Sie ist so schön", war Lene sofort durch den Kopf geschossen. Beinahe hätte sie es ausgesprochen, damals im Treppenhaus.

Sarahs Haar schien Funken zu sprühen, als sie dieses mit einer selbstbewussten Kopfbewegung zurückwarf und mit einem Lächeln in der Stimme sagte: „Kommen Sie mich doch einmal besuchen, an einem Samstagnachmittag. Neue Nachbarn sollten sich unbedingt kennen lernen." Lene war so überwältigt, dass sie nur flüstern konnte: „Ja, danke, gerne, ich muss sehen, bis dann" und vor Verlegenheit fast davonrannte. Lange hatte sie mit sich gerungen, ob sie diese Einladung annehmen sollte. Dann war sie doch hingegangen, mit einem Lavendeltöpfchen unter dem Arm, und hatte erstmals seit vielen Monaten ihrer Familie abgesagt. „Bist Du krank?", hatte ihre Mutter kühl gefragt.

Sarah öffnete ihr im Jogginganzug. Lene sah eine leichte Irritation in ihren so blauen Augen. Doch dann leuchtete Sarahs Blick und Lene war unendlich erleichtert. „Wie schön, dass Sie gekommen sind!" Lene fühlte sich umsorgt wie ein besonders kostbarer Gast. Sarah servierte Sekt und Salzmandeln, erzählte unterdessen munter davon, wie es sie in diese Stadt und in dieses Haus verschlagen habe. Sarah war Grafikerin von Beruf, erfuhr Lene, sie hatte hier eine Stelle in einem kleinen Verlag angenommen. Lene war sicher, dass dies einer der atemberaubenden Jobs war, wie sie die Frauen in Fernsehserien hatten. Ein bewundernder Laut war ihr unwillkürlich entschlüpft. Sarah wischte ihn mit einer Bewegung ihrer großen, schlanken Hände beiseite.

„Aber nein, was stellen Sie sich vor! Das ist auch nur eine Arbeit wie viele andere. Und jetzt müssen Sie mir erst einmal von sich erzählen!" Und Lene erzählte, erst zögernd und stockend, doch Sarahs Blick schien mit so viel gebanntem Interesse an ihrem Mund zu hängen, dass Lene die Verpflichtung fühlte, Sätze herzugeben. Dazwischen nahm sie, animiert von Sarah, die in kräftigen Zügen trank, Schlückchen aus ihrem Sektglas. Sarah lachte fröhlich auf, wenn Lene vom banalen Gerangel des Arbeitsalltags im Buchhaltungsbüro berichtete.

Lene fühlte sich in schwindelnde Höhen empor gehoben. Sarah schien wie selbstverständlich anzunehmen, sie, Lene, sei nicht Teil dieser Geschichte, sondern schwebe vielmehr amüsiert und überlegen über ihr. Die bedrückende stumme Feindschaft zwischen zwei Kolleginnen wurde unter der Zuhörerschaft Sarahs zu einer sagenhaften Episode. Sarah verglich sie mit Darstellungen in Büchern oder Filmen, von denen Lene noch nie gehört hatte. Ihre Wangen glühten.

Lene lächelte bei dieser Erinnerung. Der Schock hatte sie dann umso unvermittelter getroffen.

Plötzlich war im Türrahmen ein schwarzer Hund erschienen. Er bellte zweimal laut und trottete zum Sofa, auf dem sie Platz genommen hatte. Lene krallte sich vor Schreck in die Polster. Sarah lachte leise. „Bitte, machen Sie sich keine Sorgen, das ist Bruno. Eine Mischung aus Boxer und Schnauzer. Er ist wirklich völlig harmlos." Lene fürchtete Hunde, besonders ihre wilde Unberechenbarkeit. Sie drückte sich in die äußerste Ecke der Couch, als das Tier auf sie zukam, presste in Panik alle Muskeln zusammen. Die „Bestie" aber schnüffelte unbeeindruckt an ihrem Bein und legte sich schließlich schwer und warm auf ihren Füßen nieder. „Er mag Sie, kraulen Sie ihn ein bisschen im Nacken, das hat er gern", sagte Sarah. Am liebsten wäre Lene geflohen, aber Sarahs Blick hielt sie fest. Lene wusste nicht, woher sie dann den Mut nahm, diese Kreatur anzufassen. Erst ganz vorsichtig, dann immer kräftiger bewegte sie ihre Finger im dichten, schwarzen Fell. Als der Hund begann, mit seiner warmen, rauen Zunge an ihren Handflächen zu lecken, da durchfuhr Lene ein Glücksgefühl wie ein Stromschlag.

Lene sehnte die Treffen mit diesen beiden herbei. Sarah wollte die Stadt kennen lernen. Lene studierte den Stadtführer, schrieb an ruhigen Abenden Listen von empfehlenswerten Orten, kombinierte die Besichtigung einer Sehenswürdigkeit mit einem Spaziergang am Fluss und dem Besuch eines besonderen Restaurants. Lene liebte schon diese Planung und die Vorfreude auf die gemeinsamen Ausflüge. Sarah staunte und bewunderte, ihre blaugrauen Augen glühten vor Vergnügen und Unternehmungslust. Und Lene bewunderte Sarah. Selbst die dunkelste, kleinste Barockkirche konnte sie mit ihrer Gegenwart erleuchten. Sarah erzählte offen aus ihrem Leben: Vom Ende einer Liebe in der Stadt, die sie verlassen hatte, von ihrer offenbar turbulenten Familie. Lene hätte immer nur zuhören wollen. Sarah ließ das nie zu. Lene erzählte Dinge, die sie noch niemandem erzählt hatte, schon gar nicht ihrer Mutter, die

Lenes immer seltener werdende Besuche im Elternhaus mit spitzen Bemerkungen quittierte. „Madame scheint sich anderweitig prächtig zu amüsieren." Die blassen Augen ihrer Mutter betrachteten Lene prüfend in einer Mischung aus Neugier und Neid. Lene hatte sich einmal geschworen, nie das unzufriedene Leben ihrer Mutter zu führen, bestimmt von den Ereignissen und Meinungen in dem kleinen Ort.

Als Lene in der großen Stadt eine Ausbildung als Bürokauffrau begann, war sie sicher, eine Eintrittskarte in ein anderes Leben bekommen zu haben. Zu oft hatte ihr der Mut gefehlt, sich von diesem Leben mehr als nur ein Stück zu nehmen.

Mit Sarah aber fühlte sie sich plötzlich so wertvoll und stark wie manchmal in ihren Träumen. Sarah bewunderte Lenes Ordnungssinn und Organisationstalent. Sarah, dieser strahlende, schöne Mensch, suchte ihre Nähe!

Lene grübelte jetzt über den ersten Moment der Verfinsterung nach. Wann hatte sie bemerkt, dass unaufhaltsam der Abstieg begann? Jedenfalls nicht an dem Tag, als Sarah stürmisch an ihrer Haustür klingelte. Sie strahlte und leuchtete, sie war übermütig und albern, streichelte mit Hingabe Bruno, bis sie hervorsprudelte: „Ach Lene, er ist wunderbar, der perfekte Mann für mich, ich bin so glücklich!"

Robert war groß, trug sein welliges, braunes Haar halblang und sah unzweifelhaft gut aus. Er war selbstständiger Grafiker, wirkte offen und lässig. Lene hatte keinen anderen erwartet, sie fand Robert Sarahs würdig. Das war der erste Eindruck. Der änderte sich schnell.

„Endlich lerne ich die berühmte Lene kennen, von der ich schon so viel Gutes gehört habe", sagte sein schön gezeichneter Mund. Seine dunklen Augen aber und sein Arm, den er so fest um Sarahs Taille geschlungen hatten, sagten etwas anderes. Ich teile nicht, deine Zeit ist vorbei, las Lene in seinem Blick.

Zunächst gingen sie ab und an auch gemeinsam aus, an Orte, die Lene und Sarah miteinander entdeckt hatten. Sarah suchte gemeinsame Themen, Robert war höflich. Aber seine Hände berührten unaufhörlich Sarah, glitten über ihren Rücken, streichelten ihren Nacken. Er antwortete, wenn er gefragt wurde, doch versuchte er nie, ein Gespräch in Gang zu halten. Er fand immer wieder Gründe, dass die Abende nicht zu lang wurden.

Er müsse früh arbeiten, der Sport habe ihn richtig erschöpft, sagte er dann mit einem mühsam unterdrückten Gähnen und einem entschuldigenden Lächeln. „Lass uns gehen, Schatz, auch wenn es schwer fällt." Lene sah Spott in seinen Augen und vernahm eine andere Botschaft. Er zeigte ihr seine Macht, sein Recht, mit Sarah allein zu sein! Die gemeinsamen Treffen wurden immer seltener, hörten schließlich ganz auf. Doch Sarah blieb treu. Mindestens einen Abend in der Woche reservierte sie für Lene und nach der Arbeit trafen sie sich häufig zu einem Kaffee. Die Leichtigkeit ihres Zusammenseins aber schwand. Sarah schien immer unter Druck zu stehen. Zaghaft erzählte sie einmal, dass Robert doch sehr anspruchsvoll sei. Alles in allem aber sei die Liebe wunderbar und sie unbeschreiblich glücklich. Lene sah anderes. Sarah veränderte sich äußerlich. Natürlich war sie nach wie vor schön, aber das Strahlen verging. Sarahs offensichtliches Bemühen, Zeit für die Freundschaft zu finden, gab Lene Sicherheit – für eine Weile.

Sie begann zu bröckeln, als sie Robert und den Hund bei einem gemeinsamen Spaziergang beobachtete. Bislang war es immer ein kleines Rätsel für Sarah, warum sich Bruno, wenn Robert in ihrer Wohnung war, rasch in seine Ecke verzog. Dabei hatte sich Robert häufig angeboten, den Hund spazieren zu führen. Sie müssten sich aneinander gewöhnen, sagte er. Und Sarah war sichtlich entzückt. Doch Bruno winselte jedes Mal, wenn Robert ihn an die Leine nehmen wollte. Als Lene die beiden zufällig von weitem auf der Straße sah, die zum Feld führte, dachte sie zuerst, Mann und Hund tollten miteinander. Dann wurde ihr plötzlich klar, dass Robert den Hund traktierte. Er schlug – nicht zu fest – mit einem Stück zusammengerollter Leine zu. Dem aufjaulenden Tier gab er dann ein paar Klapse auf den

Nacken. „Na, na, ist doch nicht so schlimm, alter Junge", hörte sie ihn beschwichtigend sagen.

Ein paar Minuten später schlug er wieder mit der Leinenrolle zu. Bruno keuchte, schien völlig außer sich, aber wehrte sich noch nicht einmal mit einem Knurren. Robert wollte nicht teilen, noch nicht einmal mit Bruno. Und das machte er unmissverständlich klar!

Sarah klagte bei Lene, dass das Tier immer unberechenbarer werde. Es knurre jetzt aggressiv. Sie komme mit dem Hund gar nicht mehr zurecht, habe bereits daran gedacht, ihn in andere Hände zu geben. Robert, der etwas von Tieren verstehe, habe auch dazu geraten. Und eines Tages musste Bruno überraschend weg. Lene war schon lange bereit. Trotz ihrer Ängste hatte sie sich entschlossen, den Hund zu übernehmen. Sarah war glücklich und dankbar, aber auch besorgt: „Du weißt, Bruno hat einen bösartigen, unberechenbaren Wesenszug. Wie willst du damit zurechtkommen?" Lene murmelte etwas von einer Hundeschule. Den Mut, Sarah über die Gründe von Brunos angeblicher Bösartigkeit aufzuklären, hatte sie nicht mehr. Sarah wehrte jede Kritik an Robert ab, mit einer Heftigkeit und einer Kälte in ihrem Blick, die Lene nicht ertragen konnte. Noch hatte sie wenigstens einen Teil von Sarah. Sie ganz zu verlieren, erschien ihr wie das Ende der Welt, wie das Versinken in ewiger Finsternis.

Dann zog Robert bei Sarah ein.

Sarah kam seltener vorbei, oft „nur auf einen Sprung". Dann tätschelte sie nachlässig Bruno, der schier außer sich vor Freude war, sie zu sehen, und komische kleine Luftsprünge vollführte.

Sarah reagierte mit einer Mischung aus Ungehalten- und Gerührtsein. „Hoffentlich wird er dir nicht zu viel!", sagte sie seufzend zu Lene.

„Nein, wird er mir nicht", sagte Lene in einem so kühlen, entschlossenen Ton, dass Sarah erstaunt aufblickte.

Ihre Gespräche wurden gezwungener. Lene erinnerte sich an ihre eisige Verzweiflung. Sarah berichtete, wie wunderbar doch das Zusammenleben mit Robert sei. Nicht mehr das Hin und Her. Und sie hätten jetzt viel mehr Zeit miteinander. Oft genug klingelte Robert an Lenes Wohnungstür, um Sarah „abzuholen". Dabei schienen seine Augen Lenes kleine ordentliche Wohnung wie mit einem Radar abzutasten auf der Suche nach den Gründen für Sarahs unbegreifliche Anhänglichkeit. Und seine Augen warnten Lene: ‚Ich teile nicht!'

In Lenes Augen verfiel Sarah immer mehr. Sie war schmal geworden, die Haut spannte über ihren feinen Wangenknochen. Als der Pulloverärmel über ihren zarten weißen Arm rutschte, entdeckte Lene drei tiefdunkle, blaue Flecken in der Nähe ihres Handgelenks. Lene vergaß all ihre Vorsicht und packte Sarahs Hand.

„Sarah, was tut er dir an?", flüsterte sie entsetzt.

Sarah schüttelte sie unwillig ab: „Ach Lene, du in deiner kleinen heilen Welt, du kannst das nicht verstehen. Ich liebe ihn, er ist alles, was ich will, das musst du begreifen!"

Noch nie hatte Sarah in einem solchen Ton mit ihr gesprochen, sie noch nie mit einem fast verächtlichen Blick angesehen. Dann schien es Sarah leid zu tun. Sie umarmte und küsste Lene, entschuldigte sich, sagte, dass derzeit alles ein bisschen viel für sie sei, bei der Arbeit habe sie Stress. Ja und Robert, der sei ein wunderbarer Mensch, das müsse Lene glauben. Aber er sei eben sehr fordernd, auch im Gefühlsleben, wenn Lene verstehe, was sie meine. Lene sagte, sie verzeihe. Aber in sich spürte sie nichts anderes als diese harte Kälte. Führte diese unmittelbar zu dem, was dann an jenem Nachmittag einige Wochen später geschah? War das Unfall, Zufall, Schicksal, Fügung oder eben doch das eine schreckliche Wort, das einmal einer der Polizeibeamten ausgesprochen hatte?, grübelte Lene. Sie prüfte sich, wartete, ob Schuldgefühle in ihr aufstiegen. Aber da war – nichts.

Als Lene an diesem Tag nach Hause gekommen war, bot sich ihr ein Anblick, den sie jetzt, Monate danach, noch immer glasklar vor Augen hatte. Bruno lag auf dem Küchenboden, halb auf dem Rücken, so dass sein weißlich schimmernder

Bauch zu sehen war. Seine Läufe schlugen unkontrolliert. Robert kniete schräg hinter seinem Kopf, drückte mit einem Knie Brunos Schulterpartie nieder und zog mit beiden Händen die Leine stramm, die er um Brunos Hals geschlungen hatte. In Brunos rollenden Augäpfeln sah Lene Todesangst.

„Was machst du da, bist du wahnsinnig?", schrie Lene völlig außer sich.

„Die Tür war angelehnt. Ich wollte mir nur ein Messer von dir leihen, da hat dieses Biest mich angefallen", keuchte er. „Jetzt erteile ich ihm eine Lektion, die er bis ans Ende seiner Kötertage nicht vergessen wird."

Lene spürte wieder eisige Kälte. Plötzlich gelang es Bruno, hoch zu kommen, sein Hals war noch gefesselt, doch sein Körper raste und tobte in wilden Zuckungen, so dass er sich immer mehr in der Leine verstrickte. Robert presste seinen Körper auf das Tier. Lene schrie und näherte sich mit dem Messer.

Sie habe lediglich Bruno von der Leine befreien wollen, hatte Lene dann später bei der Polizei ausgesagt. Eine plötzliche heftige Bewegung des Hundemaules, dem Robert ausweichen wollte, hatte den Hals des Mannes dann genau in die Bewegung des Messers geführt.

Der Schnitt war nicht lang gewesen, daran erinnerte sich Lene genau. Nur plötzlich schien ihn irgendeine Kraft auseinander zu reißen, hellrotes Blut wurde hervorgepumpt und schoss in einem Schwall auf den Küchenboden. Robert schrie auf und griff mit beiden Händen an seinen Hals. Der befreite Hund schnellte hoch und prallte gegen den knienden Mann. Der kippte nach vorne, knallte mit dem Kopf auf den Küchenboden und blieb reglos liegen, während unaufhaltsam das Blut aus der Halswunde quoll.

Der Notarzt konnte ihm nicht mehr helfen. Er starb auf dem Weg ins Krankenhaus. Lene hatte angegeben, dass sie sofort den Notruf gewählt habe. Nach ihren Begriffen war es auch sofort – sofort in dem Moment, als sie wieder fähig war, sich zu bewegen.

Lene wurde in der folgenden Zeit wiederholt von der Polizei zu dem Geschehen vernommen. Beim ersten Mal zitterte Lene noch vor Furcht, dann bekam sie mehr und mehr Sicherheit.

„Es war ein Unfall, ein schrecklicher, tragischer Unfall", wiederholte sie immer wieder.

Irgendwann wurden die Akten geschlossen.

Sarah, die völlig zusammengebrochen war, brauchte Lene jetzt dringend. Lene saß an Sarahs Bett, bis der Abend in die Nacht überging und hörte zu.

„Der Hund, er war bösartig, eifersüchtig auf Robert, ich hätte ihn ganz weggeben müssen, ich bin schuld", schluchzte Sarah. Und Lene tröstete sie und sprach von schrecklichen Unglücken, die einfach passierten.

Die Polizei hatte Bruno weggebracht. Lene wagte in all den Wochen nie, nach seinem weiteren Schicksal zu fragen, auch wenn sie es ahnte. Das quälte Lene eine Weile, wenn sie alleine war, weil Sarah schlief. Dann fing sie an, lange Listen von Ausflugszielen aufzustellen.

Eva Markert
Bis dass der Tod sie scheidet

Von klein an hatte er gewusst, dass Kartoffeln schmutzig waren und böse. Sie kamen aus dem Nachtschatten und gediehen in der Dunkelheit. Mit ihren tausend Augen sahen sie ins Verborgene und was sie verstohlen mit ihren blassen Trieben streiften, wurde vergiftet.

Deswegen liebte er sie. Sie waren seine Verbündeten. Er trug sie am Körper, wo er ihnen Unterschlupf gewährte, und hütete sie bis zu dem Tag, an dem er sie wieder der Erde übergeben musste. Sie schenkten ihm Gelassenheit, wenn er sie im Zorn fast zerquetschte oder seine Fingernägel angstvoll in ihr Fleisch grub. Sie trösteten ihn, indem sie sich liebevoll in seine Hand schmiegten.

Und sie rächten ihn. Zum Beispiel damals, als sein Bruder – Lichtgestalt in den Augen der Eltern – von einer schweren Kartoffel an der Stirn getroffen wurde und bewusstlos zu Boden fiel. Oder als die Mutter der Frau, die er heiraten wollte, auf einer Kartoffel ausglitt und die Kellertreppe hinunterstürzte.

Und nun hatte er diesen schlimmen Verdacht.

Nachdenklich betrachtete er die kleine Kartoffel, die vor ihm auf dem Tisch lag. Sie war bereits von den Runzeln der Weisheit überzogen, ihr Inneres weich und nachgiebig. Sanft strich er mit der Spitze seines Zeigefingers über ihre Haut.

„Hilf mir, Festa", flüsterte er.

Und die Kartoffel half.

Er versteckte sie zwischen Zeitschriften auf der Kommode, von wo aus sie mit ihren tausend Augen beobachten konnte, was in seinem Ehebett vorging.

In der Nacht wisperte sie ihm ins Ohr, was sie gesehen hatte: Dinge, die ihm die Zornesröte ins Gesicht trieben, wundervolle Dinge, die sie ihm nie erlaubte. Wut brodelte in ihm. Wieso mein Bruder und nicht ich?, dachte er. Sein brennender Blick versuchte, die Dunkelheit zu durchdringen, doch er sah nur die Umrisse der Frau, hörte, wie sie ruhig und gleichmäßig neben ihm atmete. Sie drehte sich auf den Rücken. Vorsichtig zog er die Decke weg, bis sie nackt vor ihm lag. Sie schlief immer nackt.

„Vergifte sie!", zischte er.

Verstohlen strich die Kartoffel mit ihren Tentakeln über den Leib. Die Frau räkelte sich ein wenig und stöhnte im Schlaf.

Seine Lippen pressten sich aufeinander. Langsam ließ er die Kartoffel hinunterwandern von ihrem Nabel über den leicht gewölbten Bauch bis zu der kleinen Mulde zwischen ihren Schenkeln. „Spritze dein Gift in sie hinein!", flüsterte er heiser.

In diesem Augenblick wälzte sich die Frau auf die Seite, die Kartoffel fiel herunter. Er tastete nach ihr, seine Hände berührten den Unterleib der Frau.

Sie fuhr hoch. „Was machst du da?" Licht flammte auf. Im letzten Moment konnte er die Kartoffel in seiner Hand bergen.

„Was soll das? Warum zum Teufel weckst du mich?"

„Tut mir leid", murmelte er.

„Wenn du mich das nächste Mal anfassen willst, frag bitte vorher."

„Jetzt?"

„Nicht jetzt. Ich bin müde. Du weißt doch: Ich brauche meinen Schlaf."

Das glaube ich ihr sogar, dachte er, nach dem, was sie am Nachmittag mit meinem Bruder getrieben hat. Und das sicher nicht zum ersten Mal. Wer weiß?

Sie schlüpfte in ihre Pantoffeln und warf ein Negligé über. „Ich hole mir ein Glas Milch."

Als sie sich wieder neben ihn legte, hatte er die Augen geschlossen.

Das Licht verlosch. Dumpf brütend lag er in der schmutzigen Dunkelheit, Festa neben sich auf dem Kopfkissen. Er versuchte, ihr nicht zu nahe zu kommen, denn ihr Körper hatte sich bereits braunviolett verfärbt und sie roch unangenehm.

„Ich werde dich bald verlassen müssen", flüsterte sie. „Doch zuvor möchte ich noch etwas für dich tun." Und dann raunte sie ihm ihren Plan ins Ohr.

Heftig schüttelte er den Kopf. „Nein, das kann ich dir nicht antun."

Doch am Ende überzeugte sie ihn.

Die Frau schlief fest, als er sich im Morgengrauen in die Küche schlich. In der Schublade suchte er nach dem Schälmesser. Es würde schwer werden, sehr schwer.

Ein letztes Mal wusch er seine Festa unter einem dünnen Rinnsal. Ganz klein und schrumpelig lag sie in seiner Hand.

„Es ist genug."

Er drückte ihr einen Kuss auf.

„Und nun tu's."

Schmerz schnürte ihm die Kehle zusammen wie ein Würgereiz. „Ich kann nicht."

„Du musst!"

Er biss die Zähne zusammen, griff nach dem Messer und begann, ihr bei lebendigem Leib die Haut abzuziehen. Sie schrie und wimmerte in seiner Hand, dennoch ließ er nicht ab von ihr, denn sie wollte es so.

Ihr Schmerzensschrei gellte noch in seinen Ohren, als er zum Schlafzimmer zurückschlich. Das, was von ihr übrig geblieben war, fühlte sich fremd an, das Fleisch gummiartig. Und doch war es seine Festa, die sich für ihn opferte.

Geräuschlos drückte er die Klinke hinunter. Die Frau durfte nicht aufwachen. Noch nicht.

Dann musste alles sehr schnell gehen.

Er holte tief Luft, knipste das Licht an, griff die Nasenflügel der Schlafenden und drückte sie zusammen. Sie riss den Mund auf. Im selben Augenblick ließ er die Kartoffel in das gähnende Loch fallen.

Die Frau gab ein Gurgeln von sich, versuchte zu husten, röchelte, kämpfte, ihre Augen quollen hervor, doch er presste ihren Leib mit eiserner Kraft auf die Matratze. Sie wand sich, strampelte mit den Beinen ...

Er schloss seine heiß brennenden Augen, versuchte nicht daran zu denken, was Festa in ihrer Kehle alles durchleiden musste.

Die Frau zuckte nur noch schwach. Schließlich lag sie still.

Widerstrebend öffnete er die Augen, starrte in ihren schwarzen Schlund. Vielleicht konnte er Festa noch retten? Doch sie war in der Tiefe des Rachens verschwunden.

„Ich danke dir", flüsterte er.

Er trug die tote Frau in die Küche und legte sie vor die Spüle.

Dann ging er zum Telefon.

„Warum um alles in der Welt hat Ihre Frau am frühen Morgen eine rohe Kartoffel gegessen?", fragte der Notarzt, nachdem er die Leiche untersucht hatte.

Er zuckte die Achseln. „Das tat sie in letzter Zeit öfter. Schwangere haben eben seltsame Gelüste."

Als wieder Ruhe eingekehrt war, setzte er sich an den Küchentisch, vor sich einen Korb mit jungen Kartoffeln. Ganz unten fand er eine, die Festa sehr ähnlich sah. Sorgfältig befreite er sie von Erde und Staub, ehe er sie in seine Hosentasche gleiten ließ.

Jochen Reulbach
Der König von ...

Chicago, Ratten und Kakerlaken – und Männer in guten Anzügen; sehr elegant, das muss ihnen der Neid schon lassen. Aber ich will zur Sache kommen ...

Mein Name ist Joe. Ich mache Euch hier den Erzähler. Und falls sich nun der eine oder andere fragen sollte, wer ich überhaupt bin: Ich bin der Trottel, der dort drüben, mit dem Gesicht nach unten, in einer Pfütze liegt. Zwei Kugeln in der Brust – sehr professionell. Hätte ich noch einen Hut, würde ich ihn ziehen, aber wie es scheint, tragen Leute in meiner Lage keine Hüte mehr. Wozu auch?

Chicago – Verbrechen lohne sich nicht – wer auch immer das von sich gab, war kein Kind dieser Stadt. Ich übrigens auch nicht. Nein! Verbrecher schon, aber Kind dieser Stadt war ich keines. Angeheuert – man kann, konnte mich sozusagen „mieten". Ich stehe, nein, ich stand im Telefonbuch. Allerdings nicht in einem von Chicago. Ich betreibe, nein, ich betrieb einen kleinen Reinigungsservice, der in gewissen Kreisen einen exzellenten Ruf genoss. Vielleicht mal abgesehen von heute, arbeitete ich äußerst diskret, absolut zuverlässig und sehr schnell.

Chicago – nicht Las Vegas oder New York, aber man kann sich auch in dieser Stadt bestens vergnügen. Vorausgesetzt, die Brieftasche ist dick genug. „Bleib' da keine Sekunde länger als unbedingt nötig!", sagte meine kleine Assistentin. Klein? Zweifellos – Assistentin? Na ja, es gab schon Nächte, in denen sie mehr tat, als nur Anrufe entgegen zu nehmen. Kleine Gina – Gina? Das klingt so italienisch – Mafia? Zugegeben, es ist nun ein bisschen spät, sich darüber Gedanken zu machen – würde schließlich auch nichts mehr ändern. Hmm ...

Chicago also – mit dem Zug um 14 Uhr 20 hinein und mit dem Zug um 17 Uhr wieder hinaus. Dazwischen zwei Taxifahrten, einige Meter zu Fuß, drei oder vier Kugeln und ein breites Grinsen nach Erledigung meiner Arbeit – das war der Plan. Kein schlechter Plan. Was hätte schon schief gehen können? Dass der Zug Verspätung hat? Zu lange am Bahnhof gesessen, deswegen dort aufgespürt und abgeknallt worden? Keine Sorge, ich bin, nein, ich war durchaus in der Lage, mich so zu verhalten, dass man mich nicht entdecken würde.

Chicago, falsch – Neapel sehen und sterben. Von Chicago war nie die Rede. Allerdings habe ich vor meinem kleinen „Unfall" auch nicht viel gesehen, von Chicago. Und nun? Wenig spannend, in eine Pfütze zu starren. Die Spitzen einiger Wolkenkratzer, Häuserwände spiegeln sich, ein bisschen Himmel, einige Wolken – interessant war nur eine zerknitterte Seite der heutigen Zeitung, die der Wind mir neben das Gesicht wehte. Schlagzeile: DER KÖNIG VON CHICAGO – darunter das Bild eines alten Bekannten, der offenbar gerade noch rechtzeitig den Aufstieg in die Oberliga geschafft hatte. Welche Ironie …

Zurück zur Geschichte, denn was ist schon ein Erzähler so ganz ohne Geschichte? Der Plan war gut. Der Zug war pünktlich. Kurz nach drei Uhr stand ich vor dem Bahnhof von Chicago – 59. Straße. Bedeckter Himmel, kein schöner Tag. Aber „schön" konnte man den Anlass meiner kleinen Reise schließlich auch nicht nennen. Alles in allem durchaus passend. Die Aktentasche unter den Arm geklemmt, zündete ich mir eine Zigarette an. Es war meine letzte Zigarette, nicht nur in dem Päckchen. Hätte ich es zu diesem Zeitpunkt bereits gewusst, hätte ich sie wohl etwas mehr genossen. So kreisten meine Gedanken aber vornehmlich um die Beseitigung eines alten Bekannten, der für meinen Klienten offenbar zu einem Problem geworden war. Ich stieg ins erste Taxi, nannte dem Fahrer das Ziel und erfreute mich am bescheidenen Luxus einer halbwegs gemütlichen Rückbank. Zwei Bilder zog ich aus der Tasche. Bilder, die wirklich nicht nötig gewesen wären, denn ich kannte den Mann gut. Er hatte mir mehr als einen Scheck ausgestellt. Na ja, Geschäft ist nun mal Geschäft.

Vor dem Eingang des Hotels angekommen, bezahlte ich den Fahrer und stieg aus. Durch eine schwere Drehtür gelangte ich in die Lobby. Rezeption links, Fahrstühle rechts – Gina hatte ihre Arbeit gemacht. Nur aus den Augenwinkeln die Gegebenheiten prüfend, lief ich zielstrebig an einigen Pagen vorbei. 29. Stock – wer sich diese Preislage leisten konnte, dessen Magen knurrte nur noch selten. Und ständig hielt der Aufzug an. Einsteigen, aussteigen, große Koffer, kleine Koffer, keine Koffer. Die Fahrt schien ewig zu dauern. Selbst über die Feuerleitern hätte es nicht wesentlich langsamer gehen können. Als mich dann endlich das erlösende „Bling" und die sich öffnenden Fahrstuhltüren aus dem aufkeimenden Ungemach befreiten, fiel mein Blick auf vier kräftige Herren, die dort mit finsteren Mienen den Flur in beide Richtungen beobachteten. Demonstrativ hob ich meinen linken Arm etwas an und schaute auf die Uhr. Dem folgte ein Oskar reifer „Oh-ich-bin-aber-spät-dran-Gesichtsausdruck" und mit strammen Schritten verließ ich die Kabine. Ein höfliches, aber bestimmtes: „Darf ich mal?" ermöglichte mir, den Kopf in Richtung eines dieser Gorillas, und damit auch in Richtung der Türe, zu drehen, ohne mich damit verdächtig zu machen. Angekommen ja, aber wie reinkommen?

Dieses kleine, unbedeutende Detail – also diese vier gar nicht so unbedeutenden Bodyguards – hatte meine Assistentin ganz vergessen zu erwähnen. Zimmer Nummer 2904. Für einen kleinen Moment hatte ich Zweifel, weil Ginas Recherchen bis zu diesem Tag stets ohne auch nur den geringsten Mangel gewesen waren. Viel Zeit zum Nachdenken blieb mir allerdings nicht, weil diese Herren mich ganz sicher im Blick behielten, und bei meinem Tempo war das Ende des Flures bald erreicht.

Optionen, Optionen. Im Geiste ging ich meine Möglichkeiten durch. Was ebenfalls nicht lange dauerte. Umdrehen, ziehen, schießen – und wahrscheinlich sterben. Hat man das Überraschungsmoment auf seiner Seite, stellen zwei Mann kaum ein Problem dar. Allerdings war ich hier der einzig wirklich Überraschte. Bei vieren kann es schon heikel werden. Dazu die Ungewissheit, wer anschließend aus Zimmer 2904 herausstürmen würde.

Optionen, Optionen. Die Feuerleiter! Aber dazu hätte ich erst einmal in eines der Zimmer kommen müssen. Feuer? Feueralarm! Nein, es wäre sicher nicht aufgefallen, hätte ich dort oben ein Glas eingeschlagen und den Knopf gedrückt – Schnapsidee! Feuer? Kurz fragte ich mich, ob ein NASCAR-Fahrer, dessen Wagen gerade Feuer gefangen hatte, sich wohl auch wünschte, er hätte auf seine Eltern gehört und den Job bei der Finanzbehörde angenommen. Zumindest ging es mir in diesem Moment so.

Optionen, Optionen. Ich brauchte einen Fluchtweg. Trotz der Anspannung, die mit jedem Schritt auf die letzte Tür zu immer größer wurde, bemühte ich mich, in dem, was Gina mir über das Hotel gesagt hatte, einen geistigen Strohhalm zu finden: Seitenstraße, Lobby, Aufzug, 24. Stock, 29. Stock, Rauchmelder, Sprinkleranlage, Dach – und da sah ich einen Funken Hoffnung: Die Treppe zum Dach – vom 29. Stock aus. Und diese Treppe lag hinter einer roten Tür. Und diese roten Tür war ... ich konzentrierte mich so gut, wie es unter diesen Umständen eben möglich war. Die rote Tür? Genau! Direkt rechts neben dem Fahrstuhl. Als mir das bewusst wurde, hätte ich am liebsten den Kopf gegen die Wand geschlagen. Aber zu spät.

Keine Optionen mehr. Ich war vor der letzten Türe dieser Etage angekommen. Spürte, wie meine Hände feucht wurden. Fühlte, wie das Blut immer schneller durch meine Halsvenen gepumpt wurde. Ein beklemmendes Gefühl in meiner Brust. Schweißperlen auf der Stirn. Dass meine Hände langsam zu zittern begannen, konnte ich nur mit allergrößter Mühe einigermaßen überspielen. Ich hob den Arm und klopfte dreimal – fest, aber nicht zu fest – schnell, aber nicht hektisch – so, wie man eben klopft, wenn man irgendwo einen Termin hat, zu dem man aber etwas zu spät kommt. Neunundzwanzig und sechzehn, was für eine schicksalhafte Zahl. Ich klopfte wieder und wartete, wobei ich ungeduldig auf den Zehen wippte. Dann ein erneuter Blick auf die Armbanduhr, ein Kopfschütteln, eine Geste zum Himmel und schließlich noch ein letzter Versuch. Drei kaum überhörbare Schläge meiner Fingerknöchel gegen das schwere Holz der Türe von Zimmer 2916. Ebenso unüberhörbar waren leider auch die Schritte hinter mir …

„Na, endlich!" – Nein, das waren nicht meine Worte, als die Türe aufging oder als ich von hinten ein Messer in den Rücken gerammt bekam, um damit meiner Freude über das Ende dieser quälenden Warterei Ausdruck zu verleihen. Dieses vorwurfsvolle „Na, endlich!" stammte von einer Blondine – einen Meter zweiundsechzig groß, üppig, zumindest an den Stellen, wo üppig bei einer Frau durchaus angebracht ist, ein göttlicher Schmollmund, geschminkt wie eine „Professionelle", waffenscheinpflichtige Fingernägel, schwarze und rote Reizwäsche, die man unter ihrem halbgeöffneten, seidenen Bademantel sehen konnte, Zehn-Zentimeter-Absätze und die Kraft eines World-Wrestling-Champions. Sie packte mich an der Krawatte und zog mich hinein. Dann schlug sie dem misstrauisch gewordenen Bodyguard die Tür vor der Nase zu. Ich war sprachlos. Nicht, dass ich sonst ein Plaudertäschchen gewesen wäre, aber in diesem Moment war ich wirklich sprachlos. Breitbeinig, die Hände in die Hüften gestemmt, eine

Augenbraue hochgezogen, stand sie mir gegenüber. „Los, da hinten ist das Schlafzimmer!", flüsterte sie mit einem Zwinkern.

„Gina?", sagte ich und sah mich ungläubig in dem Raum um. „Was machst du denn hier?" – „Nicht hier!", meinte sie, und schubste mich Richtung Schlafzimmer. Und sie hatte recht. Erklärungen nicht hier, weil dieser bullige Kerl sein Ohr an die Tür gelegt hatte, um zu lauschen. Wir setzten uns auf das Bett und sie erzählte mir, dass kurz nachdem ich losgefahren war, um den Job in Kalifornien zu erledigen, ein anonymer Anruf bei ihr einging, die „Reinigungs-Aktion" sei eine Falle. Big Thomas habe längst ausgecheckt, und außer diesen vier Kerlen vor der Suite wartete drinnen noch mal ein halbes Dutzend Bewaffnete auf mich. Eine Falle? Da musste ich ja mindestens einem mit meiner Arbeit ziemlich auf die Zehen getreten sein.

„Zur Beruhigung." Gina schenkte mir einen Whiskey ein. Ich nahm das Glas und leerte es in einem Zug. Dann ließ ich mich zurück aufs Bett fallen. Legte meine Fäuste vor die Stirn und versuchte angestrengt, den Kreis der Verdächtigen etwas einzuengen. Natürlich hätte ich diese Lage im Grunde jedem verdanken können, der mir jemals einen Auftrag gegeben hatte – genauso aber auch jedem, der etwas mit den Opfern meiner Aufträge zu tun hatte.

Kalifornien? Das kam mir schon spanisch vor. Eigentlich war es ein kleiner Fisch, den ich dort zu erledigen hatte – kein Grund für so einen Ganoven einen Profi zu rufen. Und auch die lange Fahrt – erst hin, dann wieder zurück – zugegeben: mit dem Flugzeug wäre es schneller gegangen, aber ich habe eben meine Prinzipien – und Flugangst. Einen Tag nach meiner Rückkehr musste ich dann bereits hierher, nach Chicago. Beste Gelegenheit und genug Zeit also etwas gegen mich vorzubereiten …

Aber wer? Das war und blieb die Frage, wem konnte ich im Weg sein? Wer war die eine Leiche, die offenbar eine Leiche zu viel war? Diese Frage konnte so nicht geklärt werden. Wir mussten handeln, und zwar schnell, und wir mussten vor allem diejenigen in Sicherheit bringen, die mit dem Reinigungsdienst zu tun hatten. Mit noch geschlossenen Augen richtete ich mich also wieder auf und fragte Gina nach dem Telefon.

Aber statt einer Antwort hörte ich das Durchladen einer Pistole. Big Thomas stand in der Badezimmertür und richtete seinen Engelmacher auf mich. Aus einem anderen Raum kamen drei Männer, die mich, nicht gerade zimperlich, entwaffneten. Hatte er also Wind davon bekommen? Na ja, Geschäft ist eben Geschäft. Konnte ich gut verstehen. Es würde wohl jeder so handeln wie Big Thomas und alles unternehmen, um seinem vermeintlichen Mörder zuvorzukommen.

Während mir die Hände gefesselt wurden, fragte ich ihn neugierig: „Woher hast du davon gewusst?" Er grinste. Er grinste breit und breiter und legte den Kopf in den Nacken. Er fing an zu lachen, aus vollem Hals, und seine Männer taten es ihm gleich. Dann kam er langsam zu mir herüber und tätschelte mir zweimal auf die Wange.

„Joe? Du alter, ausgebuffter Profi. Für wie viele Leute habe ich dich eigentlich bezahlt?" Er machte eine kurze Pause und als ich ihm, beginnend mit einem „Äh", darauf antworten wollte, sprach er weiter: „Deine kleine Firma gibt es nicht mehr. Du hättest deine Mitarbeiter vielleicht ein bisschen besser bezahlen sollen! Andererseits wären sie dann jetzt wohl tot, weil es mir einfach zu teuer gewesen wäre, sie zu kaufen. Nachdem also sämtliche Unterlagen vernichtet sind – dank deiner bezaubernden Gina übrigens auch die in deiner Wohnung", er zwinkerte und setze sich zu mir aufs Bett, „gibt es nur noch einen einzigen, der für mich in mancherlei Hinsicht belastend werden könnte." Big Thomas klopfte mir mit dem Lauf seiner Pistole einige

Male gegen meinen Kopf. Aber auch an der Tür wurde geklopft. Ich bekam einen Schlag ins Genick, der mich schlafen schickte.

Ich weiß nicht genau, was danach passierte. Ich weiß auch nicht, wo Gina abgeblieben war – die hatte ich, seitdem ich auf dem Hotelbett die Augen geschlossen hatte, nicht mehr gesehen. Aufgewacht bin ich dann, mit einer Extra-Portion Schädelbrummen und einer ebenso dicken Portion Hass auf diese kleine Verräterin, in einem stockdunklen Raum. Keller hätte ich geschätzt – für einen Heizungskeller war es aber eindeutig zu kühl. Was sollte das? Warum hatte Big Thomas mich nicht gleich an Ort und Stelle erledigt? Schalldämpfer, Mixer und fein pürieren. Spuren? Wer würde schon in Chicago nach Spuren suchen? Ausgenommen vielleicht, sie kämen mit der Post – und dann wäre das einzige Suchen wohl das Suchen des Briefes unter den Donuts.

Meine Hände waren nicht mehr gefesselt, also drehte ich mich erst einmal um, und versuchte, mich langsam aufzurichten. Vorsichtig tastete ich mich in diesem absoluten Schwarz vorwärts – sofern man überhaupt von einem „Vorwärts" sprechen konnte. Das „Vorwärts" hatte ein Ende: eine Wand, also immer an der Wand entlang, in der Hoffnung einen Lichtschalter, einen Türgriff oder ein Fenster zu finden. Totenstille, kühl, scheinbar stand gar nichts in diesem Raum. Nichts, wogegen ich hätte treten können – was ja immerhin auch den Vorteil hatte, dass ich über nichts stolperte. Meine Hartnäckigkeit wurde belohnt, mit einem Türgriff – und diese Türe war nicht verschlossen. Erleichtert aufatmend verließ ich die Dunkelheit, hinein in gleißendes Licht. Es dauerte einige Zeit, bis sich die Augen zumindest halbwegs an die Helligkeit gewöhnt hatten.

Keller? Dieser Gedanke war ja voll daneben. Allem Anschein nach war ich auf einem Dach. Möglicherweise das Dach desselben Hotels. Es fiel mir immer noch schwer, Genaueres zu erkennen. Aber meine Ohren hatten unter der

Dunkelheit nicht gelitten. „Auch schon wach, du Schlafmütze?" Hatte dieses Weibsstück doch tatsächlich den Schneid, hier auf mich zu warten! Mit einigem hätte ich gerechnet, aber sicherlich nicht mit dieser Stimme. Ich drehte mich in Richtung ihrer Silhouette, oder was ich dafür hielt, und sprang nach vorne, um sie zu fassen zu kriegen. Aber die Kleine war schnell – und ich in diesem Moment zudem noch gehandicapt. Sie versuchte, mich zu beschwichtigen: „Beruhige dich wieder! Immerhin lebst du noch." In der Tat ein kleiner Trost. Ich hielt mich an der Mauer fest, schließlich war es ein Dach, und ich konnte noch nicht deutlich sehen. Nachdem das alles scheinbar glimpflich abgelaufen war, wollte ich keinen „Freiflug" riskieren.

Gina redete weiter auf mich ein, entschuldigte sich tausend Mal für alles, und betonte immer wieder, dass sie doch keine andere Wahl gehabt habe. Ein paar Wochen zuvor hatte sie mich gefragt, ob ich mir vorstellen könne, den Job an den Nagel zu hängen und irgendwo ganz neu anzufangen. Komisch, dass mir das ausgerechnet in diesem Augenblick wieder einfiel – und es war nun sogar ein Gedanke, an den ich mich hätte gewöhnen können. Eigentlich sollte ich, anstatt in Schuhen dort oben zu stehen, barfuß in einer Leichenhalle liegen oder in irgendeinem Fluss treiben oder Teil eines Fundamentes sein.

„Du hast nicht zufällig Zigaretten bei dir?", fragte ich Gina. Aber diese Frage hätte ich mir sparen können, schließlich wusste ich doch, dass sie nicht rauchte. Langsam konnte ich auch wieder alles deutlich erkennen. Gina schlug vor, dass wir schleunigst aus der Stadt verschwinden sollten. Ich hatte keine Einwände. Wir gingen wieder hinein, fuhren mit dem Aufzug nach unten und verließen das Gebäude.

Ein Tabakwarenladen – genau gegenüber dem Hotel. Rein, Kippen holen, raus, und verschwinden. Ich bat Gina, einen Moment zu warten und eilte über die Straße. Im

Vorbeigehen sah ich den Zeitungsständer vor dem Laden. Big Thomas hatte es mal wieder auf die erste Seite geschafft. Schlagzeile: „Der König von …" – mehr konnte ich nicht lesen. Der Rest verschwand hinter anderen Zeitungen. Es war nicht viel los, als ich das Geschäft betrat. Ein Verkäufer und ein Kunde sahen mich schweigend an. „Guten Tag. Ein Päckchen Luckys, bitte! Tut mir leid, ich bin sehr in Eile, muss meinen Zug erwischen."

Der Mann hinter dem Tresen blickte über den Rand seiner Brille und meinte dann: „Das glaub' ich gern, dass Sie es eilig haben." Er warf mir die Zigaretten mit den Worten herüber: „Geschenk des Hauses und viel Glück!" „Glück?", fragte ich ihn. „Dass Sie Ihren Zug bekommen", entgegnete er zwinkernd. Ich war perplex, bedankte mich mit einem Kopfnicken, drehte mich um und teilte mir beim Hinausgehen die Tür mit einem Cop, der gerade den Laden betreten wollte.

Draußen sah ich noch, wie Gina vor dem Hotel in ein Taxi stieg. Aber anstatt auf mich zu warten, ließ sie den Mann losfahren. Was konnte an diesem verrückten Tag eigentlich noch passieren?

„Nehmen Sie die Hände hoch, dass ich sie sehen kann!", schrie jemand hinter meinem Rücken. Diesen Satz hatte ich schon sehr lange nicht mehr gehört. Ich hob also meine Arme ein wenig nach oben, drehte mich ganz langsam um, und stammelte: „Officer, das muss eine Verwechslung sein. Ich hab' mir hier nur Zigaretten geholt."

Zwischen dem Cop und mir: der Zeitungsständer! Der Mann wirkte angespannter als ich selbst und ich blickte immerhin in den Lauf seiner Waffe. Als er mit dem Funkgerät an seiner Jacke dann Verstärkung rief, hatte ich den Eindruck, dass er einen kleinen Augenblick nicht hundertprozentig bei der Sache war. Instinktiv trat ich mit voller Wucht gegen das Metallgestell. Es traf den Cop ziemlich hart und beide gingen zu Boden.

Ich gab Fersengeld. Rannte so schnell ich konnte. Brachte einige Passanten zu Fall. Ein Football-Talentsucher hätte seine wahre Freude daran gehabt. Nach rechts, in die erste Seitenstraße – na ja, es war doch mehr eine Gasse. Und ich muss zugeben: Viel weiter kam ich auch nicht. Zwei Schüsse konnte ich hören. Den ersten noch deutlich, den zweiten schon etwas dumpf. Dann sackte ich zusammen. Blieb mit dem Gesicht nach unten in einer Pfütze liegen. Bis die Szene wegen der vielen Schaulustigen für Cops kaum noch zugänglich war, verging nur wenig Zeit. Das ist eben Chicago.

Und einige Meter weiter las jemand aus der aktuellen Zeitung vor:

„Der König von Chicago ermordet! Täter war nach Zeugenaussagen dieser Mann: Joe Rascal, ein Auftragsmörder aus …"

Angelika Diem
Der Waran und die Schlange – Notizen einer (unwilligen) Zeugin

13. April

„Sie sind ein bisschen merkwürdig", hatte Egon gesagt, als wir in der Mensa zusammensaßen. „Merkwürdig?", hatte ich ihn gefragt. „Inwiefern?"

„Nun …" Ich erinnere mich noch genau an sein verlegenes Grinsen.

„Das lässt sich schwer beschreiben, aber", hatte er sich beeilt hinzuzufügen, „es sind zwei Zimmer, wirklich schöne Zimmer. Und du hast ein eigenes Bad mit Dusche und Wanne."

„Wenn es so großartig ist", hatte ich erwidert, „warum gibst du es dann auf?"

„Ich ziehe zu Ivonne", hatte er rasch gesagt, zu rasch für meinen Geschmack. „Du suchst doch dringend eine Bleibe, oder?"

„Versuch, es mir zu beschreiben", hatte ich ihn aufgefordert.

„Das eine Zimmer ist etwa doppelt so groß wie dein jetziges, das Bett steht gleich links neben der Türe."

„Das meinte ich nicht", hatte ich ihn unterbrochen. „Die beiden, was ist merkwürdig an ihnen? Genau, bitte."

„Wenn du es denn unbedingt wissen willst!" Er hatte eine Grimasse gezogen. „Sie können einander nicht ausstehen. Es ist eine Art Krieg, ein Rosenkrieg."

„Weshalb lassen sie sich dann nicht scheiden?"

„Wegen des Hauses, verstehst du? Das Haus gehört ihm, aber nur mit ihrem Geld kann er es erhalten. Wenn er etwas erneuern will, muss er sie zuerst fragen. Aber sie kann keine Freundinnen einladen oder eine Party geben ohne seine Einwilligung."

„Das ist alles?", hatte ich erstaunt gefragt. Egon hatte genickt und ich war zufrieden gewesen. „Merkwürdig" – was für eine Untertreibung.

Es ging ruckzuck. Egon nahm mich mit und stellte mich den beiden vor. Sie sahen eigentlich ganz normal aus. Er, Anfang fünfzig, graumeliertes Haar, dunkler Teint, breit – alles an ihm war irgendwie breit. Sein Gesicht, seine Schultern, sein Lächeln, seine Nase – selbst sein Gang, breit und behäbig.

Sie dagegen, sie war schlank, die Augen leicht schräg, die dünnen Lippen rot übermalt, ihr Lächeln schmal und sparsam. Sparsam wie ihre Bewegungen, es sei denn, jemand reizte sie. Dann reagierte sie schnell und abrupt.

„Wir freuen uns, eine neue Mieterin gefunden zu haben", sagte sie, als ich meine Unterschrift unter den Vertrag setzte.

„Hätte ein Handschlag nicht genügt?", fragte ich sie. Ich konnte mich nicht erinnern, für eine einfache Untermiete jemals einen Vertrag abgeschlossen zu haben.

„Stört es dich?", fragte er zurück und lächelte breit.

„Nein, nein, natürlich nicht", erwiderte ich und kritzelte rasch meinen Namen hin. Danach führte sie mich herum. Das Haus war wirklich groß, fast schon ein Palast. Es gab breite Treppen und hohe, schmale Fenster. Auf der Rückseite befand sich eine große Veranda, an die ein parkähnlicher Garten anschloss. Direkt über der Veranda verlief ein langer Balkon, der von drei Zimmern aus erreichbar war. Statt eines Geländers säumte ihn eine kniehohe Brüstung, auf der zahlreiche Blumenschalen standen.

Meine Zimmer grenzten an die Eingangshalle im Erdgeschoss. Früher hatte hier wahrscheinlich die Haushälterin gewohnt. Es erstaunte mich, dass es zwar Dienstbotenquartiere im zweiten Stock gab, aber keine Dienstboten. Zumindest keine, die im Haus wohnten. Täglich kamen zwei Gärtner, eine Köchin und einige Putzfrauen, um das Haus in Ordnung zu halten und die Herrschaften zu versorgen. Doch sie blieben nicht länger als bis zum Abendessen, erklärte mir die Frau des Hauses.

„Du isst natürlich mit uns. Belinda ist eine ausgezeichnete Köchin."

„Was ist mit dem Geschirr?", fragte ich.

„Das bleibt bis zum nächsten Morgen stehen."

Sie zeigte mir auch ihren liebsten Raum, das Blumenzimmer. Durch die gläserne Balkontüre hatte man einen wunderbaren Blick auf den Garten. Im Zimmer selbst standen und hingen bestimmt fünfzig Tröge, Schalen und Töpfe. Der Duft erinnerte mich an ein Treibhaus.

„Die Gärtner versorgen den Park", erklärte sie mir, „ich kümmere mich um alle Blumen im Haus und auch um jene auf dem Balkon."

„Sie sind wunderschön", sagte ich, und das Lob freute sie sichtlich.

Das Abendessen war eine schweigsame Angelegenheit. Wir speisten im kleinen Saal an einer Tafel, die vielleicht dreimal so lang war wie ein normaler Tisch. Er saß am oberen Ende, sie ganz unten und ich in der Mitte. Das Essen schmeckte köstlich, aber beide schwiegen die ganze Zeit und das geradezu eisige Schweigen zerrte an meinen Nerven. Jedes Mal, wenn mein Messer über das Porzellan kratzte, zuckte ich zusammen. Ich kam mir furchtbar tollpatschig vor. Die beiden aßen beinahe lautlos. Er war zuerst fertig, faltete die Serviette zusammen und stand auf.

„Hast du deine Tabletten genommen?", fragte sie sanft.

Ich sah, wie er die Lippen zu einem dünnen Strich zusammenpresste. „Ich nehme sie später."

„Vergiss es bitte nicht. Du weißt, was dein Arzt dazu sagen würde."

„Mach dir deswegen keine Sorgen." Er schob den Stuhl zurecht und marschierte breitbeinig hinaus.

„Was fehlt ihm denn?", erkundigte ich mich höflichkeitshalber.

„Er ist ab und zu ein bisschen verwirrt, musst du wissen. Keine ernsthafte Sache, sagt jedenfalls Doktor Blum, unser Hauspsychiater. Jeder von uns hat heutzutage seine Neurose, nicht wahr?"

Mir war der Appetit endgültig vergangen. Das boshafte Funkeln in ihren Augen stieß mich ab. Ich murmelte etwas, das nach Zustimmung klang, erhob mich und zog mich in meine Räume zurück.

Hier sitze ich nun und denke an Egons Worte. Die beiden sind mehr als nur ein bisschen merkwürdig. Doch das Seltsamste ist, sie scheinen ehrlich froh zu sein, eine Untermieterin zu haben.

17. April
Nie wieder. Nie wieder werde ich einen Vertrag unterschreiben, ohne das Kleingedruckte zu lesen. Ich bin ein ausgemachter Dummkopf, die beiden haben mich blind in die Falle tappen lassen. Die tollen Zimmer, das fantastische Haus – ich hätte ahnen müssen, dass da ein Haken ist. Wenn ich Egon das nächste Mal begegne, wird er sich wundern, oh ja.

Ich kann nicht fort. So steht es im Vertrag. Ich kann hier nicht ausziehen, ohne einen Nachmieter gefunden zu haben. Eigentlich ist das ja nicht so schlimm, es gibt genug Trottel wie mich, wenn der Vorfall von heute Nachmittag nicht gewesen wäre.

Es war ungewöhnlich warm, so um die zwanzig Grad. Die Köchin war einkaufen und die Putzkolonne hatte das Haus schon verlassen. Sie saß auf der Veranda, bestückt mit Sonnenhut und dunkler Brille und schmökerte in einem Magazin. Ich hockte auf der Holzbank unter einer morsch wirkenden Linde und sortierte meine Notizen der heutigen Vorlesung. Er muss mich gesehen haben, ganz sicher sogar. Ich dachte an nichts Schlimmes, eigentlich dachte ich an gar nichts, da hörte ich das Kratzen. Es war eines der Geräusche, bei denen sich mir die Nackenhaare aufstellen und es mir kalt den Rücken hinunterläuft. Ich blickte hoch, die Sonne blendete mich, aber ich konnte erkennen, dass eine der schweren Blumenschalen schwankte. Und sie saß direkt darunter. Der Warnschrei blieb mir im Hals stecken, er war auch unnötig. Sie hatte das Kratzen auch gehört, sprang auf und keine drei Sekunden später krachte die Schale eine Handbreit neben ihrem Liegestuhl auf die Verandaplatten.

Ich sah ihn, wie er sich kurz herabbeugte. Sein Gesicht konnte ich nicht genau ausmachen, jedoch die Gestalt, da gab es keinen Zweifel. Sie wandte den Kopf und ich könnte schwören, ihre Blicke trafen sich. Dann verschwand er.

Die Erstarrung fiel von mir ab, ich rannte auf sie zu.

„Sind Sie verletzt?", fragte ich atemlos. Sie sah mich an und lächelte ein dünnes, zufriedenes Lächeln.

„Natürlich nicht." Es klang, als hätte ich etwas sehr Dummes gefragt. Prompt wurde ich rot und das nicht nur vor Aufregung.

„Er hätte Sie erschlagen können."

„Er?"

„Ihr Mann. Sie haben ihn doch auch gesehen, Sie müssen ihn gesehen haben. Soll ich die Polizei rufen?"

„Nein!" Ihre Stimme war schneidend wie ein Peitschenhieb. „Es ist nichts passiert", fügte sie hinzu, als sie mein betroffenes Gesicht sah. Sie bückte sich und hob die misshandelte Geranie hoch. „Wenn ich sie hier abschneide und neu setzte, ist sie vielleicht noch zu retten. Geh ruhig wieder an deine Notizen, ich kümmere mich darum."

Ich wollte noch etwas sagen, sie warnen, aber ihr Blick verbat jedes weitere Wort. Ratlos gab ich ihr den Weg frei. Sie schob mit dem Fuß die Scherben beiseite und murmelte verächtlich ein Wort, das wie „Dilettant" klang.

Als ich wieder unter der Linde saß, kam sie mit einem Besen und eine Schaufel und räumte die Überreste der Schale fort.

Später beim Abendessen suchte ich vergeblich nach einem Zeichen von Schuld oder Reue in seinem Gesicht. Er musste mich gesehen haben, musste wissen, dass ich ihn gesehen hatte. Trotzdem zuckte er mit keiner Braue, erwiderte meine Blicke mit nervenaufreibender Gelassenheit. Beide taten sie so, als wäre nie eine Blumenschale auf der Veranda zerschellt, als hätte er niemals versucht, sie zu töten.

Sie schwiegen sich die Mahlzeit hindurch an. Kaum war er fertig, fragte sie ihn wieder nach seinen Tabletten.

„Ich habe dir doch gesagt, dass ich sie später nehme", sagte er.

„Manchmal bist du so vergesslich. Hast du sie heute Morgen geschluckt?"

„Habe ich."

„Ganz sicher?"

„Ganz sicher", erwiderte er geduldig.

„Dann ist es ja gut", sagte sie und griff nach einem Schälchen Traubencreme, ohne sich weiter um ihn zu kümmern.

Er warf ihr noch einen kurzen, schwer zu deutenden Blick zu und verließ den Saal.

„Hat es dir nicht geschmeckt?", fragte sie mit einem Blick auf meinen halbvollen Teller.

„Doch ...", ich zögerte, „Wie können Sie nur!", platzte ich schließlich heraus.

„Was?"

„So ruhig mit ihm reden. Er wollte sie heute Nachmittag töten. Sie, Sie müssten einen Schreikrampf bekommen, die Polizei rufen, oder sonst etwas tun", ich schüttelte hilflos die Hände.

„Beruhige dich. Das war nur ein kleines Missgeschick."

„Missgeschick? Wenn die Schale Sie getroffen hätte!"

„Hat sie aber nicht. Also belassen wir es dabei." Es klang wie ein Befehl. Ich schob den Teller zurück, warf die Serviette auf den Tisch und ging zur Türe. „Ich verstehe das alles nicht. Vor allem verstehe ich Sie nicht", sagte ich laut und ging zurück in mein Zimmer. Ich zog meinen Koffer unter dem Bett hervor und fing an zu packen. Ich wollte mit den beiden nichts mehr zu tun haben.

Jetzt sitze ich immer noch hier. Der Vertrag liegt neben mir und jedes Mal, wenn ich einen Blick darauf werfe, scheint er mich auszulachen. Ich werde morgen mit ihm reden. Vielleicht gibt es eine Möglichkeit, von hier wegzukommen, ohne einen Nachmieter zu suchen.

18. April

„Wir brauchen dich". Das ist die einzige Erklärung, die er mir gab. Er wird den Vertrag von seiner Seite nicht beenden, nicht, ehe ein anderes Opfer an meiner Stelle hier festsitzt.

„Wir brauchen dich."

„Wofür?" habe ich ihn gefragt. „Sie haben doch genug Geld, das bisschen, das ich für die Untermiete zahle ..."

„Das ist es nicht. Wir, meine Frau und ich, brauchen deine Gesellschaft. Du musst hier sein, hier im Haus."

„Aber ich bin nicht immer hier. Ich muss zur Universität, ich besuche Freunde, ich gehe aus."

„Wir auch."

In diesem Augenblick fiel mir auf, dass sie ihr Timing auf mich abgestimmt zu haben schienen. Er verlässt stets mit mir das Haus. Laut Vertrag muss ich ihnen sagen, wann ich zurückzukommen gedenke. Er kommt meistens nur wenige Minuten nach mir. Als ich vor zwei Tagen mit Simone ins Kino ging, hatte sie auf einmal auch einen Theaterbesuch geplant. Wie es scheint, vermeidet sie es, nur zu zweit im Haus zu sein.

Ich kann verstehen, warum sie es nicht wünscht. An ihrer Stelle ginge es mir genauso. Allein mit einem mordlustigen Ehemann, allein – ohne Schutz, ohne Zeugen, falls es passiert.

Moment – ohne Zeugen? Ist es das, wofür sie mich braucht? Eine allgegenwärtige Zeugin, die ihn abhält, seine finsteren Pläne mit aller Entschiedenheit zu verfolgen. Wäre möglich ... aber weshalb spielt er dann mit? Warum duldet er mich und beharrt sogar auf diesem verfluchten Vertrag? Dienstboten, die im Haus wohnen, würden diese Aufgabe wohl schlecht erfüllen. Von ihm angestellt, von ihr bezahlt, da ist eine (scheinbar) neutrale Studentin besser. Übrigens hat er in drei Tagen Geburtstag. Sie erwähnte es beiläufig beim Abendessen.

„Soll ich denselben Partyservice bestellen wie das letzte Jahr?", fragte sie ihn nach der Suppe.

„Kannst du, die waren recht ordentlich. Wir sollten die Vorhänge im großen Saal erneuern, meinst du nicht auch?"

„Hmm... ich hätte gerne ein paar meiner Freundinnen bei der Party."

„Es ist mein Geburtstag."

„Aber ich muss den Partyservice und die Vorhänge bezahlen."

„Gut. Solange du meine Freunde nicht vergisst."

„Keine Sorge. Die paar Namen habe ich im Kopf."

„Was ist mit Alfred?"

„Deinem langweiligen Neffen? Ich denke, der ist auf Studienreise."

„Ah ja, hatte ich vergessen."

„Solange du brav deine Pillen isst..." Sie wandte sich mir zu. „Würdest du mir bei den Vorbereitungen helfen?"

„Gern."

Ich hatte den großen Saal noch nie in vollem Glanz erlebt. Tanz und Small Talk werden endlich echtes Leben in dieses Mausoleum bringen. Ich kann es kaum erwarten.

20. April

Das war die furchtbarste Party, die ich jemals erlebt habe. Der erste Eindruck schien positiv zu sein. Das Buffet war großartig und der Saal eine Pracht. Die Band, die sie engagiert hatte, tat ihr Bestes, um die fünfzig Gäste auf das Parkett zu locken. Vergeblich! In kleinen Gruppen hockten oder standen sie beisammen, nippten an ihren Gläsern und ödeten einander an. Die aufgetakelten Truthennen, die sie Freundinnen nennt, kicherten schlimmer als pickelige Teenager. Seine Freunde, steif, zugeknöpft und verstaubt, kannten keine anderen Themen außer Golf, dem Budgetdefizit und der Verschwendungssucht ihrer Gattinnen.

Ich kam mir vor wie ein Gänseblümchen, das aus Versehen mitten in eine Kunst- und Trockenblumenausstellung geraten ist. So schnell wie möglich wollte ich mich verdrücken, aber ich musste noch warten, bis er die Torte anschnitt und die vielen Kerzen ausblies. Es gelang ihm im dritten Anlauf. Die Gäste applaudierten und stießen auf sein Wohl an.

Eine ihrer Freundinnen gratulierte ihr zum gesunden Aussehen ihres Mannes und beklagte sich, dass ihr eigener eine Mischung zwischen Nilpferd und Methusalem geworden sei.

„Ich bin froh, dass es ihm körperlich so gut geht", erwiderte sie so laut, dass man es auch im hintersten Winkel des Saales noch hören konnte, wobei sie das Wort „körperlich" betonte.

Die Freundin wurde purpurrot, im Saal war es einen Augenblick lang totenstill. Alle sahen sie zu ihm hin, als könnte er jeden Moment explodieren. Als das nicht geschah, ging das Gemurmel wieder los. Die Band beendete ihre Pause und spielte noch ein paar Stücke, er kam auf die älteste der Truthennen zu, wohl um sie aufzufordern. Sie murmelte etwas von Hitze und verdrückte sich hinter die nächste Blumenvase.

Einige Atemzüge lang stand er bewegungslos auf derselben Stelle. Langsam drehte er den Kopf und sah seine Frau an. Sie lächelte und prostete ihm zu. Er wandte sich ab und stapfte an mir vorbei aus dem Saal. Die Türe war nur angelehnt. Neugierig schlich ich ihm nach. Er stand in der Eingangshalle, breitbeinig, den Rücken zum Saal gekehrt. Ich sah seine Hände, die sich um einen imaginären Hals krümmten, ihn packten und schüttelten, bis die unsichtbaren Halswirbel knacksten.

Da plötzlich kam mir eine Szene in den Sinn, die ich in meiner Schulzeit einmal in einem Unterrichtsfilm gesehen hatte. Vor einem Termitenbau traf ein Waran auf eine Speikobra. Sie versprühte ihr Gift, biss ihn in den Nacken, aber nur wenig drang durch seine dicke Haut. Offenbar hatte es keine Wirkung auf ihn, denn er packte sie und schleuderte sie so oft hin und her und auf den Boden, bis sie sich nicht mehr rührte. Der Film endete damit, dass er genüsslich die Schlange auffraß. Ich fragte mich, ob er nachher nicht doch die Nachwehen des Giftbisses zu verdauen hatte.

Er erinnerte mich an einen Waran und sie, oh ja, sie hatte etwas von einer Speikobra an sich. Meist prallten ihre versteckten Gemeinheiten an ihm ab, doch diesmal war ihr Gift durch seine dicke Haut gedrungen. Seine Hände drückten noch fester zu, dann ließ er auf einmal los und schleuderte den fiktiven, erschlafften Körper in eine Ecke.

Hatte er meine Nähe gespürt? Er drehte sich plötzlich um. Hass verzerrte sein Gesicht, ich hielt den Atem an. Als er mich erkannte, entspannte er sich und brachte ein leichtes Lächeln zustande.

„Es ist wirklich ein wenig heiß im Saal, nicht wahr?", sagte er.

Ich nickte nur stumm.

„Wir sollten wieder hineingehen. Schließlich ist es meine Party."

Ich folgte ihm, ohne ein Wort zu erwidern. Wir betraten den Saal und seine Blicke suchten sofort nach ihr. Sie stand vor dem Fenster, drei Männer umringten sie. Sie lachte und scherzte. Sein Lächeln wurde breiter und ich vermeinte so etwas wie Zuneigung in seinem Blick zu erkennen. Was sie für ihn empfand, war schwer zu sagen, doch er schien mit einer seltsamen Hassliebe an ihr zu hängen, fast noch mehr als an dem Haus.

Ich schlug drei Kreuze, als es mir endlich gelang, mich davonzustehlen. Wer von meinen Bekannten ist leichtgläubig genug, um meine Stelle einzunehmen?

3. Mai

Die Alpträume sind schlimmer geworden. Oft schrecke ich mitten in der Nacht hoch mit dem Gedanken, dass sie mit eingeschlagenem Schädel auf der Terrasse oder in der Halle liegt. Ein anderes Mal bin ich der Waran und sie spritzt mir ihr Gift direkt in die Augen. Am Morgen dann finde ich mein Kopfpolster zu einer dicken Wurst verdreht, als hätte ich versucht, es zu erdrosseln.

Heute belauschte ich zufällig eines ihrer Telefongespräche. Es war purer Zufall, dass ich in die Halle kam, als sie oben von ihrem Zimmer aus Dr. Blum anrief. Ihre Zimmertüre stand eine Handbreit offen und sie sprach laut und erregt.

„Sie müssen ihn noch einmal gründlich untersuchen, Doktor", hörte ich sie sagen. „Ich lebe in dauernder Angst, was alles passieren könnte. Er sagt zwar immer, dass er seine Tabletten nimmt, aber ich bin sicher, er lügt mich an. Röntgen Sie ihn, nehmen Sie ihm Blut ab oder tun Sie, was man sonst so tut. Er ist nicht normal."

Offenbar konnte der Arzt sie beruhigen, denn ihre Stimme klang ruhiger, als sie erwiderte: „Ich weiß, dass ich hysterisch klinge. Gewiss, Sie tun alles, was Sie können. Sie schreiben Ihre Krankenblätter, Sie verschreiben ihm seine Pillen. Ich kann ihn natürlich nicht zwingen, sich untersuchen zu lassen ... Sind Sie sicher? Gut, auf Ihre Verantwortung."

Ich glaubte, nicht richtig gehört zu haben. Sie verlor kein Wort über die missglückten Mordversuche. Stattdessen machte sie dem Arzt gegenüber lediglich verschleierte Andeutungen. Warum nahm er sie nicht ernst?

Ein Räuspern ließ mich herumfahren. Da stand er, der Waran, in der Tür zum Speisesaal. Auch er hatte jedes Wort mitgehört. Ich muss wohl ziemlich entsetzt dreingeschaut haben, denn er winkte mich zu sich.

Ich entdeckte kein krankhaftes Flackern in seinem Blick, darum wagte ich es, ihm in den Speisesaal zu folgen. Dort zündete er sich eine Zigarre an und setzte sich.

„Sie versucht es seit Jahren", sagte er ohne Einleitung. Ich tat erst gar nicht so, als verstünde ich ihn nicht. „Warum?", fragte ich nur.

„Warum sie es versucht oder warum sie bisher keinen Erfolg hatte?"

„Beides."

„Sie will das Haus. Wenn ich sterbe, hinterlasse ich es natürlich nicht ihr, sondern Alfred, meinem Neffen. Sollte es ihr aber gelingen, mich in eine Anstalt für geistig Kranke einweisen und mich für unmündig erklären zu lassen, ist mein Testament natürlich auch ungültig. Hilflos und verwirrt wie ein Säugling, so hätte sie mich gern."

Das erklärte immerhin, warum sie ihn nicht als gemeingefährlichen Geisteskranken hinstellen konnte. So jemand würde zwar in einer geschlossenen Anstalt verwahrt werden, doch für eine Entmündigung war das die falsche Art von Wahnsinn.

„Zum zweiten Warum lässt sich nur sagen, dass Doktor Blum ein alter Freund meiner Familie ist. Er hält sie für eine hysterische Gans. Zwar notiert er zu ihrer Beruhigung jedes angebliche Krankheitssymptom, aber die Beruhigungspillen, die er mir verschrieben hat, sind in Wahrheit harmlose Vitaminpräparate."

„Aber ist Doktor Blum nicht schon sehr alt? Was ist, wenn ihn der Schlag trifft oder so?"

„Noch ist er rüstige achtundsechzig. Dennoch hast du nicht mal so unrecht. Am Tag seines Todes wird das Spiel erst richtig interessant. Die Karten werden neu gemischt und wir werden uns mehr anstrengen müssen, es zu gewinnen."

Soviel wollte ich gar nicht wissen und ich flüchtete mit einer gemurmelten Entschuldigung in meine Zimmer. Mir liegt nun mehr denn je daran, dass dieser Irrsinn endlich zu Ende ist.

5. Mai

Der scheinbare Waffenstillstand hat vier Tage gehalten. Jetzt herrscht offener Krieg. Sie legte das Kriegsbeil sozusagen auf den Tisch, als sie beim Abendessen mit einem zufriedenen Lächeln fragte: „Habt ihr heute schon die Zeitung gelesen?"

Ich verneinte. Er murmelte etwas vom Wirtschaftsteil.

„Ihr hättet die Unfallberichte durchsehen sollen", sagte sie.

„Wieso?", fragte er.

„Heute Mittag gab es einen schlimmen Unfall in der Geringstraße. Ein betrunkener Raser fuhr einen alten Herren nieder. Niemand von den Zeugen hat sich das Kennzeichen gemerkt. Der gewissenlose Kerl ist entkommen."

„Und das Unfallopfer?", fragte ich mit bösen Vorahnungen.
„Der arme Doktor Blum. Er war sofort tot."
Er wurde blass, dann rot.
„Es tut mir so leid für dich. Ich weiß, dass du ihn gemocht hast. Du hast ja auch brav alle seine Tabletten geschluckt. Ist die Schachtel nicht schon fast leer?" Er nickte. „Keine Angst", säuselte sie, „Ich habe bereits mit Doktor Sonderegger gesprochen."
„Wer ist das?", fragte er heiser.
„Der Nachfolger von Doktor Blum. Er übernimmt die Ordination und alle Patienten. Gleich morgen, so hat er mir versprochen, wird er sich deine Krankengeschichte ansehen und dir neue Tabletten verschreiben. Ich bin sicher, es gibt keine Schwierigkeiten. Doktor Blum war ja immer sehr gründlich mit seinen Notizen."
Er ließ den Nachtisch unberührt, während sie ihr Schälchen Grütze genießerisch Löffel für Löffel leerte. Die Ader an seiner Schläfe pulsierte und er knüllte die Serviette zu einem kleinen Ball zusammen. Ich überlegte, wo ich am besten in Deckung gehen könnte, doch es kam zu keiner Entladung.
Kaum hatte sie ihren Nachtisch aufgegessen, sprang er auf und lief mit langen Schritten hinaus.
„Vergiss deine Tabletten nicht!", rief sie ihm lachend hinterher. Gleich darauf hörten wir, wie er die Tür seines Arbeitszimmers mit voller Wucht ins Schloss warf. Ich zuckte bei dem Knall zusammen. Sie jedoch lächelte nur. Ich machte, dass ich hinauskam.
Auf dem Weg in mein Refugium kam ich an seinem Arbeitszimmer vorbei. Trotz oder vielleicht gerade wegen der Gewalt war die Türe nicht eingeschnappt, sondern stand ein wenig offen. Ich hörte ihn mit den Schubladen rumoren.
Zwei Schritte und ich stand vor der Tür. Die linke Wange an den Türstock gepresst schielte ich durch den Spalt. Er saß auf dem Drehstuhl und lud eine kurzläufige Waffe. Ob es eine Pistole oder ein Revolver war, weiß ich nicht. Ich kenne

mich mit Feuerwaffen nicht aus. Sorgfältig und nachdrücklich steckte er Patrone um Patrone in das Magazin, jede Bewegung und sein Gesicht verrieten tiefe Befriedigung.

Erschrocken fuhr ich zurück. War das sein As im Ärmel? Ich wollte um keinen Preis erwischt werden und hastete in mein Zimmer.

Ich bete darum, dass er zur Vernunft kommt und die „Schlange" nicht in einem Wutanfall erschießt. Irgendetwas wird geschehen, das spüre ich. Der erste Stich ging an sie, nun muss er einen Trumpf ausspielen oder er verliert.

10. Mai

Ich hätte nie geglaubt, dass es so schnell gehen würde. Gestern erst bestand Doktor Sonderegger auf einer gründlichen Untersuchung durch einen zweiten Psychiater und einen Neurologen. Die Einweisung ins Heim war fast perfekt. Ihm blieb keine Zeit für Feinheiten.

In der Nacht muss er die Falle vorbereitet haben. Vielleicht hätte sie den Stolperdraht noch rechtzeitig bemerkt, wäre sie ihres Sieges nicht so sicher gewesen. Hochmut verleitet zu Selbstüberschätzung, das führt zu Unvorsichtigkeit und schon war es zu spät. Ein bisschen weniger Schwung und sie hätte sich noch abgefangen, als sie sich beim Gießen im Blumenzimmer durch die offene Glastüre weit nach vorn beugte, um die Schalen auf der Brüstung gleich mit zu tränken. Er kannte ihre Gewohnheiten wirklich gut. Es gab einen hässlichen Laut, als sie auf der Veranda aufschlug. Schädelbruch, Genickbruch, welche Knochen sie sich sonst noch brach, war nicht mehr wichtig.

Ich erkannte sofort, dass sie tot war, rannte zum nächsten Telefon in ihrem Zimmer und rief die Polizei.

Die Beamten fanden mich in Tränen aufgelöst bei der Leiche kniend. Der besorgte Polizeiarzt wickelte mich in eine Decke und gab mir eine Beruhigungsspritze. „Er" war zu der Zeit noch nicht zu Hause. Die Spurensicherung durchsuchte das Blumenzimmer und den Balkon Zentimeter für Zentimeter.

Als er nach Hause kam, erwartete ihn der Inspektor zusammen mit mir und noch zwei Beamten in der Halle. „Ihre Frau ist tot", sagte der Inspektor. Er machte ein entsetztes Gesicht. „Nein! War ... war es ein Unfall?" „So könnte man es nennen." Der Inspektor zog den Plastikbeutel mit dem schwarzen Draht heraus. „Allerdings war es ein Unglück, das jemand sorgfältig inszeniert hat. Die junge Studentin, die bei Ihnen in Untermiete wohnt", der Inspektor deutete auf mich, „hat zu Protokoll gegeben, dass in letzter Zeit zwei ähnlich merkwürdige Unfälle passiert sind, denen Ihre Frau nur knapp entrann."

Der Waran sah mich verzweifelt an und ich erwiderte den Blick trotzig. „Ich, ich wollte nie, dass ihr wirklich etwas zustößt. Das Ganze war doch nur eine Art Spiel!" „Ein tödliches Spiel, das Mord genannt wird", unterbrach ihn der Inspektor. Der Waran öffnete den Mund, schloss ihn wieder, gab sich einen Ruck und lief mit langen Schritten in sein Arbeitszimmer. „Bleiben Sie stehen!", rief der Inspektor hinterher. Er rannte ihm nach, aber da knallte es auch schon. Sie fanden ihn am Boden vor seinem Schreibtisch. Ein sauberer Schuss durch die Schläfe, der Arzt konnte nur noch seinen Tod feststellen.

Totenstille herrscht jetzt im Haus. Ich gehe durch die leeren Räume. Eigentlich ist es ein wunderschönes Haus. Jetzt da die beiden weg sind, habe ich es nicht mehr so eilig, es zu verlassen. Ich werde Alfred anrufen, immerhin gehört das Haus jetzt ihm.

7. Januar

Eigentlich sollte ich die Seiten verbrennen. Ich hätte es gleich nach der Beerdigung tun sollen. Heute fand ich sie unter meinen alten Studienunterlagen. Es ist schon ziemlich lange her und ich hatte fast vergessen, wie es war, als die beiden hier lebten. Ich habe ihre Räume neu eingerichtet. Das Blumenzimmer ist leer, die Stöcke erfreuen nun die Damen im Altersheim. Seit vier Wochen bin ich Alfreds Frau. Er ist nicht sehr begeistert davon, doch uns kettet zuviel Wissen aneinander und ich will Sicherheit. Es war Schicksal, dass sie mich gebeten hatte, mit ins Blumenzimmer zu kommen. Schicksal, dass ich den Draht bemerkte und sie nicht. Schicksal, dem ein kleiner Schubs im richtigen Augenblick auf die Sprünge half. Alfred ahnt es, aber was hilft es ihm? Ich weiß, dass er seine Studienreise nach meinem Anruf damals für eine kurze, rasante Stadtfahrt unterbrochen hatte. Auch da musste ich erst auf ihn einreden wie auf ein krankes Pferd. Solange Doktor Blum lebte, hätten die beiden ihr Spiel halbherzig weitergetrieben. Ich brauchte bessere Karten für meinen Plan. Morgen gebe ich eine Party. Alfred hat keine Lust mitzumachen, viel lieber würde er jeden Groschen in das Haus stecken und sich darin vergraben. Erst gestern ist mir aufgefallen, wie sehr er seinem Onkel gleicht. Er ist ebenso breit und behäbig wie ein Waran. Aber ich bin ein Mungo, flinker, schlauer – und ich stehe nicht auf seiner Speisekarte!

Christa-Eva Walter
Ein Urlaub mit ungeahnten Folgen

Es brauchte einige Zeit und auch ein bisschen Überredungskunst, meinen Mann zu überzeugen, einmal Urlaub in Irland zu machen. Es war ein lang gehegter Traum von mir, und immer, wenn ich Bilder von Irland sah, war ich erfüllt von einer Sehnsucht, die sich schwer beschreiben lässt. Mit zwei voll gepackten Rucksäcken flogen wir endlich vom Flughafen Düsseldorf ab nach Shannon Airport. In meiner Phantasie sah ich ein Land mit vielen Regenbogen, mit Gräsern in einem tiefen Grün, umgeben von windigen Buschröschen. Ich konnte es kaum erwarten, in Irland zu landen.

Wir kamen in Shannon Airport an und fuhren mit Bus und Bahn weiter an unser Ziel. Die Fahrt war abenteuerlich. Ich lehnte mich in den Sitzen zurück und staunte – meine Erwartungen und meine Phantasie vermengten sich mit der Wirklichkeit voller faszinierender Schönheit, die sich um uns ausbreitete. Eine Landschaft wie aus einem Bilderbuch, umhüllt von grenzenloser Weite. Ich empfand Ruhe, Geborgenheit, Stille und Demut.

Schließlich erreichten wir Castletownbere, unser Ziel im Südwesten Irlands. Wir bezogen Quartier, besahen dann die Gegend und kehrten am Abend in einen wahrlich echt irischen Pub ein. Die Freundlichkeit der Menschen, die uns gleich beim Eintreten entgegengebracht wurde, gab uns ein Gefühl von Heimat und Geborgenheit. Auf einer kleinen Bühne musizierten vier schon ältere Musiker und sorgten mit ihren Liedern für gute Laune. Neben zwei Geigen und einer Gitarre war auch ein Flötenspieler zu hören. Seine eigenartigen Töne ließen im Zusammenspiel mit den anderen Instrumenten geradezu mystische Klangbilder entstehen und zogen uns regelrecht in den Bann.

Später am Abend, in schon vorgerückter Stunde, kamen wir mit dem Flötenspieler ins Gespräch. Der ältere Mann erzählte uns, er habe das Instrument selbst gefertigt. Es sei eine besondere Flöte, die sich von all den anderen in Form und Klang unterscheide. Neben der Musik handelte der Mann mit Flöten und betrieb ein recht gut gehendes Geschäft. Stolz zeigte er uns die Flöte, mit der er gespielt hatte. Es war ein besonders edles Stück aus einer Holzart, deren Namen er mir nannte. Ein eigenartig klingender Namen, den ich leider vergessen habe. Sei es, dass ich dem Mann gefiel, oder dass er ein wenig zu viel getrunken hatte. Er verriet uns ein Geheimnis, weswegen die Flöte so gut klänge. Drei Kerben habe er eingeritzt, am unteren, fast nicht zu sehenden Ende. Damit, erklärte er, würde ihr Ton einen ganz besonderen Klang annehmen. Rauchig wie der Malzwhiskey eines mit Torffeuer ausgeräucherten Holzfasses.

Die schönen Tage des Urlaubs gingen allzu rasch vorüber. Wie gern hätte ich all die Eindrücke festgehalten. Ich wusste, ich würde die Häuser, die endlos in der Weite verstreut lagen, die glasklaren Seen, die Regenschauer und die ihnen folgenden Regenbogen mit ihren herrlichen Farben vermissen. Den Wind, die Wolken und das Meer, das alles umgab, als wolle es die Insel vor allen Eindringlingen schützen und bewahren.

Es vergingen einige Jahre, bis wir erneut nach Irland reisten. Wir wählten den gleichen Ort, um dort die Menschen wieder zu treffen, mit denen wir beim ersten Besuch so vertraut geworden waren. Und als wir eintrafen, war es fast so, als wären wir nie fort gewesen. Bis in die Nacht hinein wurde erzählt und erzählt. Eine der Geschichte handelte von unserem alten Bekannten, dem Flötenspieler. Vor nicht ganz einem Jahr hatte man den Mann im Ort tot aufgefunden. Er war offenbar ausgeraubt und dann erstochen worden.

Als wir später zu Bett gingen, konnten wir lange nicht einschlafen. Die Geschichte des Mordes beschäftigte uns. Das ganze Geschehen schien so sinnlos zu sein. In unseren Gedanken wünschten wir, dass die Seele des Ermordeten Frieden gefunden haben möge. Der Mörder war jedenfalls bisher nicht gefunden worden – offenbar fehlte jeder Hinweis.

In den nächsten Tagen vergaßen wir den schrecklichen Vorfall. Da wir diesmal mit dem Auto hier waren, erkundeten wir neue Orte und Landschaften. Besonders beeindruckend empfanden wir das gesamte Gebiet des Ring of Kerry.

Auf einer unserer Touren kehrten wir eines Abends nach einem Bummel durch das geschäftige Cork in einem Pub ein. Eine Musikgruppe spielte, wir hörten den Klängen zu und genossen unser Guinness. Dabei fiel uns ein junger Mann auf, der sehr schön Flöte spielen konnte und ganz eigene Melodien hervorbrachte. In einer Spielpause ging mein Mann zu dem Musiker, um ihm für sein Spiel zu danken. Nachdenklich kehrte er zu unserem Tisch zurück. Ich fragte ihn, was er habe. Mein Mann antwortete, er wisse es nicht, aber irgendetwas an dem Flötenspieler störe ihm. Er könne aber nicht sagen, was. Wir fuhren nach Hause, aßen eine Kleinigkeit und gingen bald zu Bett, der Tag war anstrengend gewesen. Mitten in der Nacht fuhr mein Mann auf. Ich wurde wach und wir machten Licht.

„Jetzt weiß ich, was mich im Pub so irritiert hat", sagte mein Mann. „Du weißt, ich bin zu dem Musiker gegangen. Wir haben uns unterhalten. Dann habe ich die Flöte, mit der er spielte, betrachtet. Ein wirklich wunderschönes Stück Flöte, mit einem herrlichen Klang. Und da habe ich es gesehen."

Ich fragte ihn, was er meine gesehen zu haben.

„Unten waren drei Kerben. Du erinnerst dich. Drei Kerben wie an der Flöte des Ermordeten." Nachdenklich setzte mein Mann hinzu. „Ob es dieselbe Flöte ist? Woher hat dieser Mann die Flöte? Meinst du, er hat etwas mit dem Tod des anderen zu tun?"

Wir diskutierten darüber die halbe Nacht – und informierten am nächsten Morgen die Polizei. Wie es weiterging, ob der Mörder gefasst wurde oder alles sich als harmlos aufklärte, haben wir nie erfahren, denn kurz darauf flogen wir nach Deutschland zurück. Ob wir also das Geheimnis des Toten aufgedeckt haben oder die drei Kerben lediglich ein Zufall waren, das weiß ich nicht.

Vielleicht erfahren wir es, wenn wir im nächsten oder übernächsten Jahr nach Irland zurückkehren werden. Jedenfalls verspüre ich immer, wenn ich eine Flöte spielen höre, am Rücken einen eigenartigen Schauer.

Vera Böhme
Nie mehr

Schon seit vielen Monaten hatte sie peinlichst genau geplant, wie alles ablaufen sollte. Nichts hatte sie außer Acht gelassen. Die Situation in ihrem Kopf immer und immer wieder durchdacht.

Heute war es nun soweit.

Ihre Vorbereitungen waren abgeschlossen. Nun konnte sie beginnen. Allein der Gedanke machte sie schon schwindelig. Nie mehr würde er sie demütigen, geschweige denn schlagen, misshandeln, vergewaltigen. Dieses eine Mal nur musste sie stark sein, bis zum bitteren Ende. Einfach war es nicht gewesen, an das Zeug zu gelangen, doch nachdem sie lange recherchiert hatte, war ihr auch das gelungen.

Fast ein ganzes Jahr lang hatte sie immer wieder, stets in seiner Gegenwart, dieses Mittel geschluckt. Sich dabei bemüht, dass er auch genau sah, was sie machte. Denn nur, wenn er wusste, um was es ging, konnte ihr Plan gelingen. Nur, wenn er es ihr wirklich glaubte, konnte sie es schaffen.

Stundenlang wartete sie nun schon auf ihn.

Sie zitterte, wenn sie sich vorstellte, was sie da vorhatte. Aber es ging nicht mehr. Fast zwanzig Jahre hatte sie alles über sich ergehen lassen. Nun musste damit Schluss sein.

Die Kinder waren aus dem Haus, auf sie brauchte sie keine Rücksichten mehr zu nehmen, das war ihr immer am wichtigsten gewesen.

Schon lange war sie keine Schönheit mehr wie früher, als sie noch glücklich gewesen war, jung war und voller Hoffnung auf ein schönes, erfülltes Leben. Ihr Gesicht, das einst die Titelblätter der Illustrierten geschmückt hatte, war heute ausgemergelt und zerstört, von Narben gezeichnet. So sah sie nach dem „Unfall" aus, nach dem Unfall, den es nie gegeben hatte. Auch die große Narbe, unterhalb des rechten Auges, stammte von keinem „Unfall".

Jedenfalls von keinem, den sie mit dem Auto hatte, wie er allen weismachen wollte.

Nach außen hin tat er so, als wäre alles in schönster Ordnung, als hätte sie nur ihren Unfall nicht verkraftet.

So hatte er es mit der Zeit geschafft, alle Freundschaften, die bestanden, zu zerstören und neue gar nicht erst aufkommen zu lassen. Nie hatte ein Außenstehender mitbekommen, wie es wirklich um ihre Ehe stand. Vor den Kindern hatte sie immer versucht, alles zu verbergen. Sie glaubte jedoch nicht, dass es ihr gelungen war.

Ihr Körper war von den jahrelangen Schlägen inzwischen verbraucht.

Überall befanden sich Narben, besonders im Bauchraum und an den Oberschenkeln. Von Zigarettenkippen, die er mit Vorliebe und großem Genuss auf ihr ausgedrückt hatte. Schon lange konnte sie nicht mehr wie andere Frauen, im Sommer mit einem Top durch die Stadt gehen. Jeder hätte sofort erkannt, was mit ihrem Körper geschehen war. Sie schämte sich entsetzlich.

Natürlich war ihr bewusst, dass nicht sie sich schämen musste. Er war es, er hätte allen Grund zur Scham. Doch er nahm alles als selbstverständlich hin.

Er war immer der Meinung gewesen, Frauen hätten sich unterzuordnen, müssten gehorchen. Nur hatte er ihr seine Ansichten leider nicht vor der Ehe verraten.

Nein, damals versprach er ihr sämtliche Sterne vom Himmel und sie, sie hatte ihm nur zu gerne geglaubt. Bis diese Erkenntnis dann über sie hereinbrach, war es auch schon zu spät. Sie hatte nicht die geringste Chance, aus dieser Ehe auszubrechen.

Niemals hätte er ihr die Kinder gelassen, immer hatte er geschworen, sie alle umzubringen. Und wie immer glaubte sie ihm alles, bis aufs Wort. Er hätte es geschafft, wie er immer alles in seinem Leben geschafft hatte. Durch seine Macht, durch sein Geld, vor allem aber durch seine Skrupellosigkeit. Die zog sich wie ein roter Faden durch ihr Leben.

Aber jetzt hatte sie beschlossen, diesen roten Faden zu kappen. Jahrelang hatte sie geplant und ständig verbessert, was sie heute ausführen würde.

Der Plan war gut, es gab keinen besseren. Sie hatte solange daran gefeilt, dass sich kein Fehler einschleichen konnte. Sie hatte Zeit gehabt. Zwanzig lange Jahre ...

Mona wanderte im Nachthemd, einen Morgenmantel übergeworfen, unruhig durch die Wohnung. Nur die Ruhe, auf ein paar Stunden kam es jetzt nicht mehr an.

Wo er nur bleibt?, ging es ihr durch den Kopf. Ahnte er, dass sein letztes Stündlein geschlagen hatte? Nie und nimmer, eher trieb er sich bei irgendeiner Hure herum, wie so oft in all den Jahren.

Sie kam am Dielenspiegel vorbei. Nur voller Schmerz konnte sie sich betrachten. Diese abgehärmte, dünne, schäbige Gestalt. Wo war sie hin, die alte Mona? Die so wunderschön war, deren Lächeln einst eine ganze Nation verzaubert hatte? Diese Frau da im Spiegel war nicht einmal ein Abklatsch von ihr. War eine alte, entstellte und schäbige Person. Deren Kleider nicht für sie gemacht zu sein schienen. Kleider, die um einen dünnen Körper schlotterten.

Selbst der neue Morgenmantel war ihr schon wieder viel zu weit geworden. Und dann ihre Haare. Einst besaß sie eine wunderschöne, lange Haarpracht, in einem warmen Braunton. Jetzt nur noch dünne, graubraune Zotteln. Vernachlässigt, wie inzwischen alles an ihr. Wofür auch, wofür sollte sie diese erbärmliche Gestalt, die übrig geblieben war, noch herrichten? Damit er den letzten Rest an Schönheit, der noch in ihr steckte, ebenfalls zerschlug? Nein, sie wollte ihm nie mehr die Gelegenheit geben, Hand an sie zu legen.

Stunden später konnte sie hören, wie er die Haustüre aufschloss und ins Haus wankte. Gut, dachte sie. Gut, er hatte getrunken. So würde alles noch normaler wirken. Wie schnell kam man im betrunkenen Zustand doch auf dumme Gedanken. Jetzt huschte ein kleines, bitteres Lächeln über ihr Gesicht. Danke, mein Lieber. Danke für den letzten, kleinen Gefallen, den du mir mit deiner Trunksucht machst.

Jan Wolf wankte mit seiner stämmigen Gestalt auf Mona zu und fuhr sie wie immer grob an: „Was ist nun schon wieder? Zieh ein anderes Gesicht, ist ja nicht zum Aushalten, deine schäbige Fresse!"

Sie starrte auf den Mann vor ihr. Wo war nur sein gutes Aussehen geblieben? Vom Suff und der Hurerei war sein Gesicht gezeichnet. Ganz zu schweigen von den mindestens zwanzig Kilo Übergewicht, die er mit sich herumschleppte. Sein früher schwarzes Haar war inzwischen dreckig grau geworden und hatte sich in den letzten Jahren stark gelichtet.

Jetzt hatte er die wenigen Strähnen vorne auf seinem Haupt zusammen gekämmt, in der Hoffnung, mehr Haar vortäuschen zu können. Was ihn aber eher lächerlich wirken ließ. Provokant stellte sie sich vor ihm auf.

„So, mein Schatz? Ist es so besser?" Lächelnd sah sie ihn an und man konnte ein winziges Stückchen ihrer einstigen Schönheit erahnen.

Überrascht sah er auf sie herunter. Was war denn das? Sie muckte auf?

Schon lange hatte sie nicht mehr soviel Mut bewiesen und ihm Kontra geboten.

Fast wollte er sich darüber amüsieren, doch schnell wurde er wütend. „Was soll das? Machst du dich über mich lustig? Du Miststück!" Torkelnd kam er auf Mona zu, doch sie sprang schnell zur Seite. Jetzt fiel er förmlich in den Sessel, der hinter ihm stand und machte Anstalten, wieder aufzustehen, um sie zu schlagen.

Zu bekannt war ihr diese Situation. Sie gab ihm einen Schubs, so dass er wieder Platz nehmen musste, ob er wollte oder nicht. Die Schwerkraft siegte in diesem Fall.

„Du ... du wagst es ...!"

Wieder wollte er sich aufrappeln, doch nun war der Stoß, den sie ihm gab, nicht mehr so leicht. Erstaunt sah er an ihr hoch.

Sie stand über ihm, ein breites Grinsen im Gesicht, und hielt eine Waffe in der Hand.

„Ha, soll ich lachen!", lallte er. Wurde dann aber fast wieder nüchtern, als er ihre Augen sah.

Ein Schauer lief ihm über den Rücken.

Das ihm. Ihm, dem großen Macher. Ihm, der immer alles bekam, was er wollte. Zornig starrte er sie an. Wollte das Weib ihm jetzt auch noch drohen? Na, die würde was erleben. Doch noch immer eiskalt lächelnd, stand sie vor ihm, setzte die Waffe an seine Schläfe und stieß ihn wieder zurück in den Sessel.

„Jetzt bin ich am Zug, mein Schatz, deine Zeit ist um! Und solltest du denken, ich würde nicht schießen, dann bist du auf dem Holzweg. Ich habe keine, überhaupt keine Skrupel, abzudrücken. Merke dir das!"

Obwohl der Alkohol noch immer seinen Verstand umnebelte, wurde ihm sehr schnell klar, dass sie nicht scherzte. Noch einmal versuchte er, aufzustehen und wollte dieses Mal beruhigend auf sie einreden. Doch schnell ließ er es.

Ihre Augen. Ihre Augen verrieten ihm, dass sie schießen würde.

Still ließ er sich jetzt zurückfallen und beobachtete sie schweigend. Versuchte krampfhaft, sich eine Lösung auszudenken. Doch auf die Schnelle fiel ihm nichts ein. Scheiß Alkohol, dachte er und blickte sie nun mit seinem Hundeblick an. Schon früher hatte sie ihm alles verziehen, wenn er sie so ansah.

„Spar dir deinen Dackelblick! Meinst du wirklich, du könntest mich mit diesem Blick für dich einnehmen? So dumm kannst selbst du nicht sein. Nein, mein ‚lieber Ehemann', diese Zeiten sind vorbei, aus und vorbei. Schon lange. Nur du, du hast es anscheinend noch immer nicht gecheckt!"

Dabei lachte sie trocken auf und dieses Lachen zeigte ihm noch einmal den Ernst der Situation, in der er sich befand.

„Was, was hast du denn vor?", stammelte er jetzt.

Mit großer Befriedigung sah Mona auf ihn hinunter. Wie gut es doch tat, ihn einmal so hilflos zu sehen. Ein Gefühl von Macht machte sich in ihr breit und tat ihr, nach all den furchtbaren Jahren, wahnsinnig gut.

Warum habe ich nicht schon eher gehandelt?, ging es ihr durch den Sinn. Warum habe ich mich nie gewehrt? Doch jetzt spielte auch das keine Rolle mehr.

Sie wehrte sich ja.

Jetzt.

Hier.

Und noch war es nicht zu spät. Sie hatte überlebt und würde auch weiterhin überleben, was man von ihm nicht sagen konnte.

„Was soll ich schon vorhaben? Ich hole mir die verlorenen Jahre zurück, die du mir schuldest! Mir gestohlen hast! Oder was hast du gedacht? Dachtest du, ich würde mich weiterhin wie ein Stück Vieh von dir behandeln lassen? Das kann nicht dein Ernst sein!" Nun lachte sie ein hohes, hohles Lachen, welches all ihr Leid verriet. Schlagartig wurde er nüchtern.

Noch einmal, diesmal ängstlicher, fragte er: „Was hast du denn vor?"

Stärker drückte sie die Waffe an seine Schläfe, warf ihm einen Briefblock zu und deute mit einem Kopfnicken auf das Papier. „Du wirst so nett sein und mir einen kleinen Brief schreiben. Dich entschuldigen für das, was du mir all die Jahre über angetan hast. Nicht wahr? Du bist so lieb und erfüllst mir diesen Wunsch?" Sarkastisch lachte sie bei diesen Worten auf.

Überlegend sah er sie an. Was ging nur in ihr vor? Was wurde hier gespielt? Aber er würde gute Miene zum bösen Spiel machen. Was sollte ihm schon passieren! Sie hatte sowieso nicht den Mumm, abzudrücken.

„Gut, warum nicht", sagte er lapidar und gab sich geschlagen.

Ihm konnte gar nichts geschehen. Er musste sie nur beruhigen und dann, würde er schon wieder Herr der Lage werden. Fast konnte er sich ein erleichtertes Grinsen nicht verkneifen. Natürlich sah sie es, sie hatte auch nicht anderes erwartet. Schnell beugte er sich über den Block und begann zu schreiben, was sie ihm diktierte. Die Waffe weiterhin deutlich spürbar an seiner Schläfe.

„Hiermit bitte ich dich für alles, was ich dir angetan habe, um Verzeihung. Glaube mir bitte, dass ich all das, so nie gewollt habe. Und ich hoffe nur, du bist irgendwann einmal in der Lage, mir alles zu verzeihen. In Liebe, dein Jan!"

„Gut gemacht, mein Schatz", schmunzelte Mona nun und er fühlte sich schon wieder auf der sicheren Seite.

„Jetzt ist es aber gut, nicht wahr mein Liebling? Ich weiß ja, dass ich mich nicht besonders gut benommen habe in der letzten Zeit, aber ich werde mich ändern. Ich verspreche es dir!"

Grausam lächelnd meinte sie: „Ja, alles ist gleich gut, mein Schatz. Vorher schluckst du bitte noch diese kleine Kapsel. Ich möchte, dass du schläfst und ich dir gegenüber einen kleinen Vorsprung habe."

Wieder drückte sie die Waffe stärker an seine Schläfe und bemerkte, wie stark er bei ihren Worten zusammenzuckte. Dann reichte sie ihm eine graue, unscheinbare Kapsel, die er erstaunt ansah und zögernd entgegennahm.

Es war eine von den Dingern, die sie selbst jeden Abend schon seit Monaten einnahm. „Was soll das denn noch?" Seine Stimme überschlug sich jetzt fast.

Doch beruhigend sprach sie ihm zu: „Was das soll? Fragst du mich das ernsthaft? Für wie behindert hältst du mich denn? Diese Frage alleine ist schon eine Unverschämtheit. Meinst du denn, ich weiß nicht, was mit mir passieren wird, sobald ich die Waffe an die Seite lege? Nein, nein, mein Lieber. Ich gehe da auf Nummer Sicher. Du schläfst eine Runde und ich bin schon lange weg, ehe du wieder aufwachst. Dann kannst du versuchen, mich zu finden. Obwohl ich nicht glaube, dass dir das gelingen wird!"

Hart kamen diese Worte aus ihrem Mund und ihm wurde klar, dass das hier noch lange nicht ausgestanden war. Er unterdrückte seine Wut, versuchte es jedenfalls, doch so ganz wollte es ihm nicht gelingen. Aber das war jetzt auch egal.

„Und was stellst du dir da so vor? Wie willst du leben und dich vor mir verstecken? Ohne einen Cent in der Tasche?"

Jetzt grinste er sie so niederträchtig an, wie er es immer tat, wenn er sich ihrer ganz sicher war. Laut lachte sie ihn aus. Verdutzt sah er sie an und wurde nun doch unsicher. „Was glaubst du wohl? Denkst du denn, ich würde auch nur einen Gedanken daran verschwenden, ohne einen Cent dies hier alles zu verlassen?"

Dabei zeigte sie mit einer kreisenden Bewegung ihres freien Arms um sich.

Dies hier war ein wunderschönes Heim, von ihr eingerichtet, gehegt und gepflegt in fast zwanzig Jahren. Hier hätten sie alle zufrieden und glücklich miteinander leben können. Hätten, hätte er sich nicht als Sadist geoutet.

Als Monster.

Wieder lachte sie, diesmal war es mehr ein Kichern. Fast wie ein junges, glückliches Mädchen erschien sie ihm in diesem Augenblick.

„Nein, hab mal keine Bange. Ich habe vorgesorgt. Ich werde mir so einiges leisten können. Alles, was du mir noch schuldig bist. Mein Leben wird ohne Geldsorgen und ohne Angst weitergehen!"

Dabei zeigte sie auf die Kapsel und munterte ihn auf, sie zu nehmen.

„Nimm sie, du kannst dir dann später Gedanken darüber machen, wie du dich an mir rächst. Aber jetzt sitze ich erstmal am längeren Hebel."

Schon mehrmals hatte er versucht, ihr die Pistole wegzunehmen. Doch sie war zu vorsichtig. Er hatte wohl keine andere Wahl, als dieses verdammte Ding zu schlucken. Aber dann sollte sie sich ziemlich weit entfernt haben. Denn er würde sie töten, wenn er sie in die Finger bekam. Das war jetzt schon so sicher wie das Amen in der Kirche.

Wieder konnte ihm Mona die Gedanken vom Gesicht ablesen, sie kannte ihn einfach zu gut. Nur nicht die Nerven verlieren, sagte sie sich immer wieder. Denn dann würde sie es nicht überleben. Das war ihr klar. Noch einmal gab sie sich einen Ruck, stieß ihn hart an und drückte noch härter mit der Waffe zu.

Mit finsterem Blick sah er auf die Kapsel und da fiel ihm noch was ein.

„Wieso solltest du auf einmal über Geld verfügen?"

Sein feistes Grinsen sagte ihr alles.

„Wieso? Nun, mein Lieber, du wolltest doch unbedingt, dass ich mit in der Buchhaltung arbeite. Nur, damit du Geizkragen wieder eine Angestellte weniger bezahlen musstest. Sogar eine Ausbildung hast du mir zukommen lassen."

Sie lachte laut auf.

„Schönen Dank auch. Sie war sehr wertvoll, deine Ausbildung. Ich bin inzwischen ein Genie im Umgang mit dem PC geworden. Hatte ja jahrelang Zeit, mich weiter zu bilden. Und jetzt rate doch mal, wieso ich so plötzlich über viel, sehr viel Geld verfüge?

Na? Kommst du da nicht drauf?"

Sie näherte sich seinem Gesicht, bis auf ein paar winzige Millimeter, vergaß aber nicht eine Sekunde die Waffe in ihrer Hand.

„Ja, du denkst jetzt gerade genau das Richtige. Ich habe in den letzten Monaten deine Konten geleert", flüsterte sie heiser. „So gut wie nichts mehr ist auf den Privatkonten und dem Firmenkonto. Alle Spuren weisen auf dich. Spielst halt zu gerne." Fast schon hysterisch lachend, warf sie ihren Kopf zurück in den Nacken.

Am liebsten hätte er sie jetzt gepackt und gewürgt, bis sie blau anlaufen würde. Aber immer noch hielt sie die Waffe in ihrer Hand. Beherrschte sie, als hätte sie vorher niemals etwas anderes getan. Wutentbrannt wollte er aufspringen. Aber sie ließ sich nicht das Zepter aus der Hand nehmen und drückte ihm noch kräftiger die Waffe in die Schläfe. Zu lange schon hatte sie in Gedanken alles genau durchgespielt. Hatte über Jahre geplant. Jetzt würde sie die Früchte ernten. Das würde sie nicht aufs Spiel setzen für eine Sekunde Unachtsamkeit.

„Jeder wird später annehmen, du hättest das Geld an die Seite geräumt, verspielt oder aber dich verspekuliert. Niemals wird der Verdacht auf mich fallen. Niemals. Da kannst du dir absolut sicher sein. Und nun schluck das verdammte Ding, du wirst doch wohl ein paar Stunden deines beschissenen Lebens entbehren können!"

Grimmig sah er auf die Kapsel in seiner Hand und mit einer schnellen Geste steckte er sie in den Mund, grinste sie breit an und meinte:

„Warte nur ab und lauf, so schnell du kannst. Sobald ich wieder bei mir bin, werde ich dich kriegen. Und dann freu dich auf das, was dich erwartet. Ich werde dich eigenhändig töten und du kannst dir sicher sein, ich werde dich nicht verscho …!"

Sein Blick zeigte mit einem Mal, dass er verstand.

Er krümmte sich jetzt vor Schmerzen und schrie so laut, dass es ihr in den Ohren dröhnte.

„Du Miststück, was hast du getan", röchelte er dann nur noch und blutiger Schaum stand ihm vor dem Mund.

Mona sah jetzt eiskalt auf ihn herab, auf dieses kleine Etwas von Mann, welches sich nun vor ihr krümmte. „Du warst sogar so von dir überzeugt, dass du noch nicht mal in Erwägung gezogen hast, dass ich dich reinlege." Ihre Stimme troff jetzt vor Hohn.

„Wie du siehst, hast du Pech gehabt … mich so zu unterschätzen. Was glaubst du wohl, was du da geschluckt hast, großer Meister? Ja, ja, jetzt bringt es dir nichts mehr, dich zu wehren. Du kommst nicht weit. In wenigen Minuten ist es vorbei. Aber bis dahin, mein Schatz, sehe ich dir noch voller Vergnügen zu. Wie du dich quälst, wie du vor Schmerzen heulst. Oh, du glaubst ja nicht, wie gut mir das tut!"

Lächelnd sah sie ihm in die Augen. Er versuchte wieder, sich aufzusetzen, aufzustehen. Aber es blieb bei dem Versuch.

Es dauerte nur wenige Sekunden. Er verkrampfte sich noch einmal. Dann war er tot. In dem Sessel, wo er die ganze Zeit über gesessen hatte, blieb er zusammengesackt liegen.

Es war vorbei. Endlich war es vorbei!

Mona blieb noch eine Zeitlang bei ihm sitzen, sah immer wieder auf ihren nun toten Mann und konnte es noch nicht fassen, dass sie es wirklich getan hatte.

Sie nahm die Pistole und wischte ihre Fingerabdrücke gründlich ab.

Die Waffe drückte sie ihrem toten Mann, mehrmals in die rechte und linke Hand, so dass nur seine Fingerabdrücke später darauf zu sehen sein würden. Schließlich hatte sie Angst vor Waffen, wie jeder wusste, der sie kannte.

Niemals würde sie freiwillig eine Feuerwaffe in die Hand nehmen.

Dann legte sie die Pistole wieder zurück in seine Schreibtischschublade.

Jetzt, nachdem alles vorbei war, zitterte sie wie Espenlaub. Aber, das war so gesehen, auch nicht schlecht für ihre weiteren Pläne. So würde ihr die Polizei noch eher abnehmen, dass sie unter Schock stand. Und im Übrigen, stand sie nicht unter Schock? Jeder, der wie sie die letzten Stunden verbracht hatte, würde unter Schock stehen.

Kurz später rief sie einen Krankenwagen und die Polizei an und erwartete sie so, wie sie war. Noch immer in ihrem Nachthemd und dem viel zu weiten Morgenmantel.

Nein, sie hatte kein Alibi, wozu auch? Sie konnte doch schließlich nichts dafür, dass sich ihr Mann in ihrem gemeinsamen Wohnzimmer das Leben genommen hatte. Es war schon spät und sie hatte schon in ihrem Bett gelegenen, als er nach Hause kam. Spät, wie so oft in den letzten Jahren.

Als die Polizei ihr Haus verließ, war es schon früher Morgen. Lange hatte die Spurensicherung gebraucht, bis alles erledigt war. Die Polizisten waren sehr nett zu ihr gewesen.

Warum auch nicht, dachte Mona, die jetzt wieder die Ruhe selbst war.

Natürlich ist es ein Schock, wenn die Ehefrau ihren Mann findet, der sich das Leben genommen hatte und das auch noch auf so eine unschöne Art.

Mit Zyankali. Komisch, wo er doch eine Waffe besessen hatte. Aber vielleicht wollte er seine Frau ja auch schonen.

Sich mit einer Waffe umzubringen, wäre mit Sicherheit noch unschöner gewesen.

Sie hatten dann sogar für Mona einen Arzt gerufen und bei Gott, den hatte sie auch dringend nötig gehabt. So groß war ihr Schock, dass sie nicht mehr aufhören konnte zu zittern.

Den Abschiedsbrief hatten sie mitgenommen, aber Mona war sich sicher, dass das nur Routine war. Denn was konnte ihr schon passieren? Es war und blieb seine Handschrift, selbst, wenn sie feststellen würden, dass seine Handschrift unter großem Stress zu Stande kam. Heutzutage war das ja alles möglich. Nun, dann war auch klar, warum. Schließlich hatte er große Summen an Bargeld über einen längeren Zeitraum aus der Firma gezogen und selbst seine privaten Konten geplündert.

Außerdem, wer stand denn nicht unter Stress, wenn er sich das Leben nehmen wollte?

Anke Kopatz, von der Mordkommission, saß noch lange brütend über dem Bericht, Mona und Jan Wolf.

„Ich kann mir nicht helfen", sagte sie zu ihrem Kollegen Holger Brandt. „Irgendwas ist faul an der Sache!"

„Ach, komm schon, Anke, was ist los mit dir? Hast du nicht das Häuflein Elend gesehen? Die Ärmste. Nicht nur ihren Mann hat sie verloren, nein, so wie es aussieht, hat er ja wohl auch alle Gelder veruntreut. Selbst sein Barvermögen ist nicht aufzufinden. Was denkst du, hätte Mona Wolf davon gehabt, ihren Mann umzubringen? Außerdem ist einwandfrei bewiesen, dass der Abschiedsbrief von ihm stammt, da gibt es nichts dran zu rütteln!"

„Ja, ja, aber mir will nicht in den Kopf, warum er sich nicht einfach erschossen hat. Wie viele Selbstmörder kennst du, die eine Waffe besitzen und sich dann mit Zyankali umbringen? Ich kenne nicht einen. Es ist zwar ganz schön blutig, aber Zyankali, mein Gott, wer tut sich selbst so was an? Also, wenn du mich fragst? Niemand!"

Holger sah genervt seine Kollegin an.

„Mensch, Anke! Was willst du denn noch, die Sache ist doch lupenrein?"

„Genau, zu lupenrein. Wohin ist das ganze Geld denn geflossen? Mm...? Kannst du mir das mal verklickern?"

Anke schüttelte wieder und wieder ihren Kopf. „Ich kann es so einfach nicht hinnehmen, irgendwas an der Sache ist faul. Hast du dir Mona Wolf mal genauer angesehen? Diese ganzen Narben und diese verhärmte Gestalt. Sie war einmal eine Miss Sowieso, welche fällt mir gerade nicht ein, aber immerhin. Keine Frau von solchem Format sieht nach ein paar Jahren Ehe derart gealtert aus."

„Nach Aussagen seiner Mitarbeiter war er ein übler Frauenheld, der dazu noch in allen Spielkasinos der Welt zu Hause war. Da hast du dein verschwundenes Geld. Sicher hat er sich übernommen oder sonst was. Bestimmt hat er spekuliert und dann, als es ihm zu heiß wurde, feige die Fliege gemacht. Ohne Rücksicht auf seine Familie. So einer war er, nach den Aussagen der Zeugen."

„Okay, du hast ja Recht. Hast du die Versicherung schon erreicht?"

„Ja! Du wirst erstaunt sein, was dabei herausgekommen ist."

Jetzt musste Holger grinsen, er wusste genau, worauf seine Kollegin aus war.

„Und?" Anke sah in gespannt an. „Was sagen sie? Nun komm schon, lass dir doch nicht jedes Wort aus der Nase ziehen!"

„Sie zahlen nicht bei Selbstmord!"

Jetzt hätte man eine Stecknadel zu Boden fallen hören können, so ruhig wurde es in dem Büro.

„Und das wusste das Ehepaar Wolf. Er war mit drei Millionen versichert und ist nicht an einen Baum gefahren, der Mistkerl!"

Anke sah nur kurz auf, zog den Bericht an sich heran und unterschrieb. Dann schloss sie die Akte Wolf.

Günter Langheld
Das Medaillon

Ich entdeckte den Brief am späten Nachmittag. Er war mir sofort aufgefallen, denn das Kuvert trug keinen Poststempel. Die Aufschrift lautete nur: *Detektei Georg Wallman*. Der Brief kam von einem Mr. Spandish, der mich bat, ihn so schnell wie möglich in seinem Haus in der Oakstreat Nr. 37 aufzusuchen. Er schrieb, dass er dringend meine Hilfe brauche, fügte aber keine nähere Erklärung hinzu.

Der Himmel war den ganzen Tag über schiefergrau gewesen und auch später verriet nur ein schwefelgelber Streifen im Westen die Stelle eines verhangenen Sonnenunterganges. Es war schon dunkel, als ich schließlich im Mantel auf die Straße trat. Ein düsterer Abend, nur gelegentlich stahl sich durch die schwarze Wand vorbeiziehender Wolken ein Mondstrahl.

Die Oakstreat liegt im Osten, etwas außerhalb der Stadt. Ich hatte schon früher in dieser Gegend zu tun gehabt und kannte den Weg gut.

Nach einer Weile wurden die Abstände zwischen den Häusern größer und ich bog in die Oakstreat ein. Die wenigen Straßenlaternen durchdrangen mit ihren gelblichen Lichtern kaum die Finsternis, die über dieser Straße lag. Dazu trieb mir der Wind Schwaden feinen Sprühregens ins Gesicht. Ein unangenehmer Weg. Endlich kam ich an mein Ziel.

Das Haus Nr. 37 war mir noch nie zuvor aufgefallen, es machte einen ziemlich verwahrlosten Eindruck. Uralte Eichen überschatteten den von Efeu überwucherten Bau, während Ligusterhecken und ähnliches Strauchwerk den seit Jahren nicht mehr gepflegten Garten von der Straße abschirmten. Ich gewahrte keinen Lichtschimmer in dem Haus, die Fenster starrten mir blind entgegen.

Ich öffnete die Pforte und stieg einige Stufen zur Haustür empor. Im Schein der Straßenlaternen konnte ich weder einen Türklopfer noch eine Glocke entdecken. So begann ich, erst zögernd, dann heftiger, mit der Faust gegen die Tür zu klopfen.

Ein Geräusch drang aus dem Inneren des Hauses und kurz darauf wurde die Tür lautlos geöffnet. Ich erblickte einen schmächtigen Mann, der mich ängstlich musterte. Ich nannte meinen Namen, da bedeutete er mir, rasch einzutreten und verschloss dann wieder schnell die Tür hinter uns.

Muffige Luft schlug mir entgegen. Von den Wänden blätterte die Farbe, man konnte den Verfall des Hauses deutlich erkennen.

Ich legte meinen Mantel ab und folgte dem Hausherrn. Mr. Spandish schien das Haus allein zu bewohnen. Er führte mich in einen Raum, dessen einzige Lichtquelle ein kraftlos leuchtender Lüster war. Das Zimmer war stickig und überhitzt. Im Kamin brannte ein riesiges Kohlenfeuer.

Mr. Spandish bat mich Platz zu nehmen, er selbst ließ sich in einem Ohrensessel nieder. Seine Hand zitterte, als er sich fahrig übers Gesicht strich. Der Mann schien mit den Nerven völlig am Ende zu sein.

Ich zündete mir eine Zigarette an und fragte ihn, in welcher Angelegenheit er meine Hilfe brauche. Nach kurzem Zögern erzählte er mir dann Folgendes:

Er leide in letzter Zeit an Schlaflosigkeit und habe daher am letzten Samstag einen nächtlichen Spaziergang unternommen. Die Straßen seien, wie gewöhnlich zu dieser späten Stunde, menschenleer gewesen. Als er in der Gegend ankam, wo der Willowroad am Pattlers-Park vorbei führt, seien plötzlich drei Burschen vor ihm aufgetaucht, die, ohne ihn zu beachten, eilig im Park verschwanden. Wenig später stieß er auf einen Mann, der zusammengekrümmt am Straßenrand kniete. Der Mann war offenbar schwer verletzt. Als Spandish näher trat, sah er, wie der Verletzte verzweifelt versuchte, ein glitzerndes Etwas zu greifen, das, für ihn unerreichbar, etwa zwei Meter entfernt auf dem Gehsteig lag. Im trüben Licht der Straßenlaterne erkannte Spandish an einer zerrissenen Kette ein Medaillon.

Als der Mann Spandish wahrnahm, hob er seinen Kopf, keuchte etwas Unverständliches und wies mit seinem Zeigefinger auf das Medaillon. Dann sackte er in sich zusammen.

Spandish war seit frühester Jugend gewohnt, allen Unannehmlichkeiten aus dem Wege zu gehen. So drehte er auch jetzt kurz entschlossen auf dem Absatz um. Jedoch bevor er sich davonmachte, bückte er sich und hob das Medaillon auf. Er meinte noch zu hören, wie der Mann eine Art Fluch ausstieß, dann eilte er auf dem schnellsten Weg nach Hause.

Spandish versuchte, seine Gewissensbisse zu dämpfen, indem er sich einredete, dass irgendein Passant den Verletzten finden und sich um ihn kümmern würde.

Am nächsten Tag aber las er in der Sonntagszeitung von einem Mann, der in der Nacht zuvor am Pattlers-Park niedergestochen und beraubt worden war. Da offenbar niemand den Verletzten entdeckt hatte, war der Mann auf der Straße verblutet. Von den Tätern fehlte jegliche Spur.

Das Foto unter dem Artikel zeigte das hohlwangige Gesicht eines Mannes mit Glatze und schmalen, zusammengepressten Lippen.

Spandish fühlte sich an diesem Tag nicht wohl. Als es dunkel wurde und er sich schließlich aufraffte, um ins Bett zu gehen, vernahm er ein Scharren an der Haustür. Er wollte gerade öffnen, als ihn grässliches Stöhnen zusammenschrecken ließ. Es klang so unheimlich, dass er sich schaudernd in sein Zimmer zurückzog.

Am Abend des folgenden Tages hörte er leises Pochen an der Fensterscheibe. Doch als er ans Fenster eilte und es öffnete, vernahm er, wie jemand mit heiserer Stimme seinen Namen flüsterte, obwohl er weit und breit kein menschliches Wesen entdecken konnte. Wenig später polterte es im Obergeschoss.

Der Panik nah, konnte er keinen klaren Gedanken fassen und schloss sich in seinem Zimmer ein. Auch in den folgenden Stunden glaubte er immer wieder Schritte vor der Zimmertür zu hören, ganz als ob ihm dort jemand auflauerte.

Spandish konnte die ganze Nacht kein Auge schließen und erst als es hell wurde, verstummten die Geräusche vor seiner Tür.

Ihm wurde bewusst, dass er Hilfe brauchte.

Nachdem Mr. Spandish geendet hatte, erhob er sich und reichte mir einen Gegenstand. Es war ein goldenes Medaillon, etwa fünf Zentimeter im Durchmesser, mit einem eingravierten Pentagramm. Die Mitte des Pentagramms zierte ein stecknadelkopfgroßer, roter Stein. Als ich das Medaillon umdrehte, konnte ich dort eine Inschrift entziffern:

Gebunden an seinen Herrn
Weder Krankheit noch Tod
Schwächt die Macht aus diesem Stern

Während ich noch über die Bedeutung der Worte nachdachte, hatte ich das unangenehme Gefühl, als pulsierte das Medaillon in meiner Hand. Mr. Spandish lief nervös im Zimmer auf und ab.

Ich versuchte ihn zu beruhigen und bot ihm an, die Nacht im Hause zu verbringen. Sollten die seltsamen Phänomene noch einmal auftreten, konnte ich entsprechende Maßnahmen ergreifen. Mr. Spandish schien erleichtert, setzte sich wieder in seinen Sessel und legte das Medaillon neben sich auf einen Beistelltisch.

Ich durchsuchte das ganze Haus und hatte eben die Überprüfung der Räumlichkeiten abgeschlossen, ohne etwas Verdächtiges bemerkt zu haben, als ich plötzlich auf ein Geräusch aufmerksam wurde, das von oben, aus einem der leer stehenden Räume, kam. Es war nur kurz zu hören, dann war es wieder still. Mir kam die Stille, die nun herrschte, je mehr ich sie empfand, immer unheimlicher vor. Irgendetwas veränderte sich im Zimmer und es schien, als breite sich eine fremdartige Atmosphäre im Raum aus.

Mr. Spandish hatte sich in seinem Sessel aufgerichtet, die Hände umklammerten krampfhaft die Lehnen.

Ich erhob mich, zog meinen Revolver und trat vorsichtig zur Tür. Draußen meinte ich, verstohlene Schritte zu hören. Treppenstufen knarrten, ich öffnete rasch die Tür – auf dem Flur war niemand zu sehen.

Da ertönte ein lautes Zischen direkt über mir. Ich duckte mich rasch und wollte eben die Treppe hinauf stürmen, blieb jedoch wie angewurzelt stehen.

Jeder hat wohl in seinem Leben schon einmal jenes Gefühl von Gefahr gespürt, das uns, ist es stark genug, unsere Absicht spontan ändern lässt. Dieser sonst verborgene Instinkt hinderte mich wohl in diesem Augenblick daran, die Stufen zum Obergeschoss hinauf zu eilen. Ich bemerkte, wie eine Kälte, eine geradezu beißende Kälte, meinen Geist und meinen Körper langsam zu lähmen begann. Gleichzeitig nahm ich einen unnatürlichen Schimmer wahr, der, einem Nebel vergleichbar, die Treppe herunter wallte und dann durch die offene Tür ins Zimmer schwebte. Ich wollte fliehen, doch meine Glieder gehorchten mir nicht mehr, ich war handlungsunfähig. Ich konnte nicht einmal mehr sprechen.

Der Nebel hatte inzwischen die Mitte des Raumes erreicht und verdichtete sich dort. Während sich eine lähmende Schwere wie eine Klammer um mein Denken legte, gewahrte ich, dass sich aus dem Dunst eine Gestalt materialisierte. Ich erblickte schemenhaft, wie hinter einem Schleier verborgen, die Konturen eines Mannes.

Plötzlich wehte ein Luftzug durch das Zimmer, das Licht des Lüsters flackerte kurz und erlosch dann. Im selben Augenblick wich die Lähmung von mir und ich stürzte vor. Da ich aber nicht sehen konnte, wohin ich lief, stieß ich gegen einen der herumstehenden Stühle, der umkippte und mich straucheln ließ.

Ein leises Raunen und Flüstern erfüllte den Raum. Eine Stimme wisperte in meiner Nähe. Dann ertönte ein angsterfüllter Schrei, der gleich darauf in ein lautes Röcheln überging.

Ich zog mich mühsam hoch, achtete nicht auf mein schmerzendes Schienbein und tastete mich vorwärts. Nur die Kohlen im Kamin strahlten ihr unwirkliches rotes Licht aus. Eine ungute Stille herrschte, eine Grabesstille.

Auf einmal flammte das Licht des Lüsters wieder auf. Ich blickte suchend umher. Von der nebelhaften Gestalt war keine Spur mehr zu entdecken, sie hatte sich in Luft aufgelöst.

Mr. Spandish lehnte schlaff in seinem Sessel, seine weit aufgerissenen Augen starrten leblos an mir vorbei ins Leere.

Das Medaillon, welches vorhin noch auf dem Beistelltisch gelegen hatte, war verschwunden.

Hastig verließ ich das düstere Haus und suchte Schutz im Dunkel der Nacht.

Rena Larf
Aber mich betrügt man nicht ...

Sie war es nicht wert. Da war sich Jacques sicher. Aber er war rasend vor Enttäuschung und Eifersucht. War nicht er es gewesen, der ihr dieses herrliche Leben erst möglich gemacht hatte? Und wie dankte sie es ihm? Sie betrog ihn mit seinem besten Freund. Das machte keine Frau mit einem Jacques Simon.

Dabei hatte alles so wunderbar angefangen…

Seit eineinhalb Jahren verband Jacques mit Amelie eine grenzenlose Leidenschaft. Er hatte Amelie auf einer Pressekonferenz kennen gelernt als eine aufgeschlossene Frau, die als Mensch ebenso unterhaltsam wie geistreich war, die den Witz liebte und einen zauberhaften weiblichen Charme besaß. Dabei umgab sie auch ein Hauch an Wildheit und Mysterium – eine perfekte Mischung, die in Jacques den Jagdinstinkt geweckt hatte.

Flirten war für ihn gleichsam ein Sport und Komplimente gehörten einfach zu seinem guten Ton. Irgendwann wurde mehr daraus.

Sie trafen sich alle zwei Wochen an der Côte d'Azur, wenn es ihm gelang, sich von seiner in Paris lebenden Familie und seinem stressigen Job loszueisen.

Jacques hatte Amelie eine kleine Wohnung in der Nähe der Place de Lices gekauft, und sie hatten diese gemeinsam im marokkanischen Stil eingerichtet. Wunderschöne, eisengeschmiedete Wandspiegel, orientalische Hängelampen und warme, geschmackvolle Farben bestimmten das Erscheinungsbild der Räume. Oft gingen Amelie und Jacques über den Markt, kauften schwarze Oliven, provenzalische Kräuter, Schafskäse und fangfrischen Fisch. Jacques bestand dabei immer darauf, dass Amelie eine leicht bronzene Strumpfhose mit Naht und hohe Schuhe trug, sowie ein buntes, luftiges Sommerkleid, das ihre Beine umspielte. Ganz gleich, wie warm es war.

Jacques liebte es, beim Schlendern durch die Altstadt und die kleinen, verschlungenen Gassen seine Hand auf ihren

Po zu legen und die Rundungen sanft zu streicheln. Dabei drängte er Amelie mit seinem Körper wild an die malerischen Fassaden zwischen bunte Bougainvilleen und bedeckte ihren Hals mit heißen Küssen. Wenn er von ihr abließ, grinste er Amelie mit seinem jungenhaften Lächeln an und fuhr sich mit den Fingern durch sein dunkles Haar.

Jacques Simon war ein klassischer Frauenheld. Gutaussehend, von der Herkunft alter französischer Geldadel, braun gebrannt, dazu kohlenschwarze abgründige Augen und ein schneeweißes Colgatelächeln.

Als sie sich kennen lernten, hatte er Amelie in den Glamour und das Partyleben in St. Tropez eingeführt. Er schleppte sie auf die Yachten, in die Designer–Boutiquen um die Place de la Garonne oder in eine der vielen Nachtbars. Jeden Wunsch las er ihr von den Augen ab. Er nahm sie mit in eine exquisite Chocolaterie, in der es eine kleine Schokoladenmanufaktur mit langer Familientradition gab. Jacques wusste, dass Amelie Pralinés mochte und am liebsten dafür sterben würde.

Aber all das war vorbei. Sie hatte ihn verraten, gedemütigt, hintergangen. Er hatte sie mit einem anderen gesehen. Mit einem von diesen jungen Schnöseln.

So etwas machte keine Frau mit einem Jacques Simon ...

Das Glockengeläut von „Notre Dame de l'Assomption" riss ihn aus der erregenden Spannung. Er ging zurück zur Wohnung – durch einen Geruch von Salzwasser, Blütendüften und frisch gewaschener Wäsche, die an Leinen über seinem Kopf in den schmalen Gassen flatterte.

Kurz darauf kehrte Amelie vom Tennis mit ihrer „Freundin" aus dem Club zurück. Wie immer begrüßte sie Jacques mit einem langen Kuss.

Später saßen beide am Tisch und tranken eine berauschende Tasse würziger, heißer Schokolade. Dabei probierten sie sich durch alle Köstlichkeiten, die beide sich neulich in dem kleinen Laden in der Rue Honoré hatten einpacken lassen. Herrlich veredelte Kompositionen aus handgefertigten feinen Pralinés mit edler Truffes-Füllung. Zart schmelzend wie die Lippen von Amelie.

„Ach, Jacques, das Leben ist wie eine Schachtel Pralinen, man weiß nie, was man kriegt!"

Sie hatte recht und diese eine Gewissheit würde Amelie mit in den Tod nehmen – das Leben war wirklich wie eine Schachtel Pralinen, man weiß nie, was man kriegt! Digitalis Purpurea, roter Fingerhut. Jacques hatte das Herzmedikament in flüssige Form gebracht und dem Praliné seine ganz spezielle Füllung hinzu gegeben. Er sah Amelie an und lächelte. Amelie griff zu der rechteckigen mit der Sahne-Himbeerfüllung. Sie führte sie zu ihren Lippen und hielt dann in der Bewegung inne.

„Liebster, ich weiß, wenn ich Pralinen sehe, bin ich immer so eigensüchtig. Aber heute darfst du als erster kosten."

Und mit diesen Worten schob Amelie Jacques die Praline in den Mund.

Claudia Rimkus
Bis dass der Tod uns scheidet

Mit einem tiefen Seufzer räumte Lisa Becker den Frühstückstisch in ihrem Haus in Hannover–Waldheim ab. Lustlos brachte sie das Geschirr in die Küche. Am liebsten hätte sie alles stehen und liegen lassen und wäre einfach gegangen. Ohne zurückzuschauen. Immer häufiger dachte sie daran, ihren Mann zu verlassen. Aber ihr fehlte der Mut dazu. Die Angst, plötzlich allein und mittellos dazustehen, ließ sie alle Demütigungen dieses lieblosen Tyrannen ertragen. Vor achtundzwanzig Jahren hatte sie sich zu dieser Ehe drängen lassen, weil sie ungewollt schwanger geworden war. Seitdem fühlte sie sich oft wie eine Gefangene im eigenen Haus.

Am späten Nachmittag bereitete Lisa alles für das Abendessen vor. Beinah ängstlich vergewisserte sie sich, ob sich alles an seinem gewohnten Platz befände, um sich nicht den Unmut ihres pedantischen Mannes zuzuziehen. Da hörte sie auch schon seinen Wagen vorfahren. Rasch warf sie einen Blick zur Uhr. Viertel vor sechs. In fünfzehn Minuten musste das Essen auf dem Tisch stehen. Herbert hasste es, darauf warten zu müssen. Lisa eilte in die Küche und schaltete den Herd an. Unterdessen betrat ihr Mann das Haus.

Wie gewöhnlich stellte der Buchhalter seine Aktentasche an der Garderobe ab, bevor er das Bad aufsuchte, um sich die Hände zu waschen.

„Was ist mit dem Essen?", rief er im Vorbeigehen in die Küche, ohne sich mit einer Begrüßung aufzuhalten. „Ich habe Hunger!"

„Kommt sofort!", rief seine Frau zurück und füllte hastig den Topfinhalt in eine Terrine. Mit einem Tablett in den Händen betrat sie das Wohnzimmer und sah, dass Herbert gerade mit zwei Fingern über die obere Leiste der Vitrine strich. Mit vorwurfsvollem Blick zerrieb er den imaginären Staub zwischen Daumen und Zeigefinger.

Lisa hatte es sich längst abgewöhnt, solche Demonstrationen zu kommentieren. Es kam ohnehin nichts dabei heraus. Sie könnte sich von früh bis spät die Hände wund putzen; ihr Mann würde immer noch etwas auszusetzen haben. Wortlos stellte Lisa eine Schüssel auf den Tisch und setzte sich Herbert gegenüber. Mit unbewegter Miene hob er den Deckel von der Terrine – und zuckte verärgert zurück. „Schon wieder Eintopf?", monierte er. „Kannst du nicht etwas Vernünftiges kochen?" „Dann musst du mir mehr Wirtschaftsgeld geben", wagte sie zu bemerken. „So kurz vor Ultimo reicht es nicht mehr für ein aufwändiges Menü."

„Mittlerweile solltest du gelernt haben, das Geld besser einzuteilen, Lisa!"

„Es ist aber alles teurer geworden", wandte sie leise ein. „Seit zehn Jahren teilst du mir die gleiche Summe zu. Damit kann ich nicht mehr …"

„Papperlapapp!", unterbrach er sie scharf. „Gib dir gefälligst mehr Mühe! Andere Frauen schaffen das auch!"

Resigniert hielt Lisa den Mund. Es war zwecklos, weiter mit ihm darüber zu diskutieren. Nach dem Abendessen, das wie gewohnt schweigsam verlief, zog Herbert Becker sich in seine Dachkammer zurück. Dort hatte er sich ein kleines Arbeitszimmer eingerichtet, das er vor seiner Frau verschlossen hielt. Nur er besaß einen Schlüssel. Es war Lisa strengstens untersagt, ihn in seinem Refugium zu stören.

Erst nach mehr als einer Stunde kehrte Herbert in den Wohnraum zurück. Lisa saß auf dem Sofa und verfolgte interessiert ein Kulturmagazin im TV. Ungeachtet dessen nahm Herbert die Fernbedienung vom Tisch und schaltete zu einem Sender, der einen Boxkampf übertrug. Zwar mochte er diese Sportart nicht besonders, aber immerhin bestimmte er das Fernsehprogramm. Auch jetzt protestierte seine Frau nicht. Sie nahm sich ein Buch von der Kommode, setzte sich damit in einen Sessel und schlug es auf.

„Was liest du da für einen Schund?" fragte Herbert nach einer Weile.

„Thomas Mann", entgegnete sie, ohne aufzusehen. „Tod in Venedig."

„Wo hast du das schon wieder her?"

„Wie immer aus der Stadtbibliothek. Eigene Bücher hält mein Mann, wie du weißt, für Geldverschwendung. Deshalb hole ich mir seit langem einmal in der Woche neuen Lesestoff, um nicht völlig zu verdummen."

„Offenbar hast du hier im Haus nicht genug zu tun", giftete Herbert, der überhaupt nichts davon hielt, dass seine Frau sich durch Lesen weiterbildete. Auch kulturelle Genüsse wie Oper, Konzerte oder Ausstellungen empfand er als völlig überflüssig. Er ahnte nicht, dass Lisa, seit die Kinder aus dem Haus waren, ab und zu ins Museum ging oder andere Veranstaltungen besuchte, die tagsüber stattfanden.

Während ihr Mann später noch im Bad war, stand Lisa bereits fertig geduscht vor dem Schlafzimmerspiegel und betrachtete sich kritisch. Trotz ihrer fünfzig Jahre war sie schlank und ansehnlich. Dennoch rührte Herbert sie schon seit Jahren nicht mehr an. Vermutlich hielt er sie für alt und unattraktiv. Ihm kam gar nicht in den Sinn, seine Frau könne sich nach Liebe und Zärtlichkeit sehnen.

Einen Seufzer unterdrückend schlüpfte Lisa in ihr Nachthemd und anschließend unter die Bettdecke. Plötzlich vernahm sie ein Poltern, dem ein verzweifelter Schrei folgte. „Lisa!"

Alarmiert sprang sie aus dem Bett, lief über den Flur und riss die Badezimmertür auf. Herbert saß splitternackt wie gelähmt auf dem Wannenrand. Sein Gesicht war hochrot verfärbt; auf seiner Stirn standen Schweißperlen. Schwer atmend deutete er mit dem ausgestreckten Zeigefinger auf das Waschbecken. Unter hochgezogenen Brauen folgte Lisa dem entsetzten Blick ihres Mannes. Auf dem weißen Porzellan des Waschbeckens befand sich eine schwarze Spinne. Ein nicht besonders großes Tier, aber für einen Menschen mit unbändiger Angst vor diesen achtbeinigen Kreaturen furchterregend genug, um geradezu eine Panikattacke auszulösen.

Lisas schaute wieder auf ihren Mann. Fast hätte sie beim Anblick dieser jämmerlichen nackten Gestalt gelacht.

„Lisa!", flehte Herbert gepresst. „Bitte!"

Seelenruhig nahm sie ein Handtuch und warf es über das „schreckliche Ungeheuer". Geschickt raffte sie den Frotteestoff zusammen und trug ihn zum Fenster. Dort schüttelte sie das Tuch aus und die Spinne verschwand in der Dunkelheit. Ohne ein Wort verließ Lisa das Bad. Im Hinausgehen hörte sie, wie ihr Mann sich übergab. Das war jedoch nichts Neues für sie.

Die Fassade des Hauses war mit dichtem Weinlaub bewachsen. Dort lebte allerlei Getier, das sich gern durch ein offenes Fenster ins Haus verirrte. Lisa war es gewohnt, in einem solchen Fall rettend einzugreifen.

„Die Eier sind zu hart", schimpfte Herbert Becker am kommenden Morgen in gewohnter Manier beim Frühstück. „Der Toast ist auch kalt."

„Und der Kaffee zu dünn", fügte seine Frau automatisch hinzu, was ihr einen vernichtenden Blick einbrachte. „Vielleicht sollte ich künftig eine koffeinfreie Sorte kaufen", fuhr sie unbeirrt fort. „Dein Blutdruck ..."

„ ... ist ganz allein meine Angelegenheit!", unterbrach er sie barsch. „Dr. Seidel will doch nur verdienen, indem ich ständig zur Kontrolle in seine Praxis kommen soll. Mir geht es auch ohne diese Pillen ausgezeichnet!"

„Ein zu hoher Blutdruck kann aber gefährlich werden, Herbert. Das Herzinfarktrisiko ..."

„Was verstehst du denn davon?", fiel er ihr abermals ins Wort.

„Nur weil du in grauer Vorzeit zwei Semester Medizin studiert hast, kannst du wohl kaum beurteilen, wie es um meine Gesundheit steht!" Ärgerlich faltete er die Morgenausgabe der HAZ zusammen. „Vergiss nicht, dass ich heute meinen Skatabend habe. Es kann spät werden."

Lisa war es nur recht, dass Herbert neuerdings zweimal in der Woche mit seinen Freunden Karten spielte. Diese Abende konnte sie frei gestalten: Fernsehprogramme verfolgen, die sie interessierten, ungestört lesen oder im Radio einem Klavierkonzert lauschen.

Einige Tage später traf Lisa sich mit ihrer zwei Jahre jüngeren Freundin in der Innenstadt. „Schön, dich zu sehen", begrüßte Ellen sie mit einem Kuss auf die Wange. „Du wirkst ein bisschen blass", meinte sie dann mit kritischem Blick. „Warum benutzt du das Make-up nicht, das ich dir kürzlich mitgebracht habe?"

Verlegen zuckte Lisa die Schultern.

„Herbert mag es nicht, wenn ich mich anmale."

„Wen interessiert das?", spottete Ellen. „Davon abgesehen, benötigt dein hübsches Gesicht ohnehin nur ein frischeres Aussehen. Von Anmalen kann gar keine Rede sein." Sie hakte die Freundin unter.

„Lass uns ins Mövenpick gehen. Ich habe Kaffeedurst."

Sie fanden einen Platz an einem Fenstertisch. Ellen winkte die Kellnerin herbei.

„Einen Latte Macchiato bitte – und ein Stück Käsesahnetorte."

Fragend schaute sie Lisa an. „Was möchtest du?"

„Nur eine Tasse Tee."

„Hast du nicht gesehen, dass es hier deinen Lieblingskuchen gibt?"

„Doch, aber …"

„Verstehe", nickte Ellen, bevor sie sich wieder an die Kellnerin wandte. „Ein Kännchen schwarzen Tee und ein Stück Marzipantorte für meine Freundin."

„Ellen", protestierte Lisa, als die Serviererin sich entfernte. „Ich möchte nicht …"

„Aber ich!", wurde sie resolut unterbrochen. „Nur weil der alte Geizkragen dich so knapp hält, sollst du nicht ständig auf alles verzichten müssen. Mir ist ohnehin schleierhaft, wie du mit deinem kargen Wirtschaftsgeld auskommst. Ich könnte das jedenfalls nicht."

„Trotzdem ist es mir unangenehm, dass du jedes Mal für mich bezahlen willst."

„Deshalb muss ich nicht gleich am Hungertuch nagen", wischte Ellen ihren Einwand fort. „Die Werbebranche boomt. Meine Agentur hat mehr Aufträge, als sie bewältigen kann."

„Ich wünschte, auch ich hätte einen Beruf, mit dem ich mein eigenes Geld verdienen könnte. Leider ist dieser Zug längst für mich abgefahren. Dadurch werde ich immer von Herbert abhängig sein."

„Schon vor Jahren hättest du ihn in die Wüste schicken sollen. Du verdienst etwas Besseres." Fragend hob sie die Brauen. „Hast du inzwischen mit ihm über deinen Geburtstag gesprochen?"

„Ja ..."

„Und? Hat Herbert einer Feier etwa zugestimmt?"

„Angeblich haben wir dafür kein Geld", verneinte sie niedergeschlagen. „Außerdem hat Herbert freitags immer Skatabend."

„Das ist doch nicht zu fassen!", schimpfte Ellen. „Jedes Jahr ein neues Auto – dafür reicht die Kohle! Aber wehe, er soll ein paar Euro für seine Frau ausgeben und auch noch auf seinen Skatabend verzichten! Warum lässt du dir das gefallen, Lisa? Du hast auch Rechte!"

Hilflos zuckte Lisa nur die Schultern. Sie wartete, bis die Kellnerin den Kuchen und die Getränke auf den Tisch gestellt hatte und wieder gegangen war.

„Was soll ich denn tun, Ellen? Gegen Herbert komme ich einfach nicht an."

„Trenn dich endlich von diesem Tyrannen", schlug die Freundin vor. „Deine Kinder würden dich mit Sicherheit unterstützen."

„Ich möchte die drei nicht mit meinen Problemen belasten", erwiderte Lisa kopfschüttelnd. „Sie führen jetzt ihr eigenes Leben."

„Dann musst du allein etwas unternehmen!", sagte Ellen eindringlich. „Dieser Mann macht dich kaputt! Du hast doch schon jetzt überhaupt kein Selbstbewusstsein mehr!"

„Es ist wohl mein Schicksal, für immer in dieser Ehe gefangen zu sein", bemerkte Lisa sarkastisch. „Bis dass der Tod uns scheidet."

„Wenn du wüsstest, was ich weiß, würdest du diese unwürdige Situation sofort beenden", prophezeite Ellen, worauf Lisa sie fragend anschaute.

„Was meinst du, Ellen? Schon am Telefon hast du so merkwürdige Andeutungen gemacht."

„Am Freitag der letzten Woche habe ich mit meiner Belegschaft den Abschluss eines sehr lukrativen Werbevertrags gefeiert", erzählte Ellen. „Es wurde sehr spät. Auf dem Heimweg musste ich an einer roten Ampel halten. Und wen sehe ich da Arm in Arm mit einer Blondine aus einem kleinen Hotel kommen? Deinen Herbert!" Eindringlich schaute sie der Freundin in die Augen. „Dieser Mistkerl behandelt dich nicht nur wie eine Sklavin; er betrügt dich auch noch schamlos!"

„Das kann nicht sein", brachte Lisa ungläubig hervor. „Herbert würde nicht ... Er ist doch gar nicht der Typ ... Du musst dich geirrt haben!"

„Bislang konnte ich mich auf meine Beobachtungsgabe verlassen", widersprach Ellen. „Trotzdem wollte ich hundertprozentig sicher sein. Deshalb bin ich in das Hotel spaziert und habe den Portier ausgequetscht." Spöttisch lachte sie auf. „Du glaubst gar nicht, wie gesprächig manche Leute werden, wenn man mit einem Hunderter vor ihrer Nase herumwedelt."

Obwohl sie sich vor der Wahrheit fürchtete, formten Lisas Lippen diesen Satz:

„Was hast du von dem Mann erfahren?"

„Dein Herbert ist Stammgast dort. Bereits seit Jahren. Allerdings mit wechselnden, erheblich jüngeren Begleiterinnen."

Behutsam legte sie die Hand auf den Arm der Freundin. „Ein reichlich kostspieliges Hobby. Deshalb hält er dich so kurz und schläft auch nicht mehr mit dir."

Fassungslos starrte Lisa in ihre Teetasse.

„Demnach bin ich für ihn nur noch eine billige Putzfrau. Für die angenehmen Dinge sind andere zuständig!" Verzweifelt schüttelte sie den Kopf. „Warum hat er sich nicht längst von mir scheiden lassen, um das lästige Anhängsel loszuwerden?"

„Ich denke, er fürchtet die finanziellen Einbußen, die eine

Scheidung zwangsläufig mit sich bringt. Außerdem würden eure Kinder ihm das niemals verzeihen. Sie würden zu dir stehen und mit ihrem Vater brechen."

„Mein Gott, ich bin noch niemals so gedemütigt worden", stieß Lisa hervor. „Und ich Idiot helfe ihm auch noch jedes Mal bei seiner albernen Phobie."

Auf Ellens Nachfrage erzählte sie von der Arachnophobie ihres Mannes und seiner Panik kürzlich im Badezimmer.

„Du hättest im Bett bleiben sollen", sagte Ellen trocken. „Vielleicht hätte ihn der Schlag getroffen. Dann wärst du nun alle Sorgen los."

„Das hätte ich nicht fertiggebracht."

„Du bist zu gut für diese Welt", meinte Ellen tief aufseufzend. „Wann denkst du endlich einmal nur an dich?"

Ellen fuhr die Freundin später in ihrem Wagen nach Hause. Als sie Lisa in Waldheim absetzte, reichte sie ihr noch eine große Tasche mit Kleidung aus dem Kofferraum. Obwohl Ellen stets behauptete, es seien abgelegte Sachen von ihr selbst, hegte Lisa angesichts der neuwertig wirkenden Kleidungsstücke den Verdacht, die Freundin hätte die Sachen extra für sie gekauft. Immerhin wusste Ellen, dass Herbert seiner Frau auch in dieser Hinsicht selten etwas Neues genehmigte.

Wie immer wurde es spät, wenn Herbert Becker von einer Skatrunde nach Hause kam. Seine Frau war gerade in ein seidenes Nachthemd geschlüpft, als er das Schlafzimmer betrat.

„Nanu?" Verwundert registrierte er, wie attraktiv sie aussah. „Woher hast du diesen Seidenfummel?"

„Von Ellen."

„Ich wusste gar nicht, dass die alte Giftspritze so sexy Scharfmacher trägt." Dümmlich grinsend kam er näher. „Heute ist mein Glückstag, Lisa. Ich habe den ganzen Pott gewonnen."

Lisa roch seine Bierfahne und wandte ihm angeekelt den Rücken zu. Plötzlich spürte sie seine Hände auf ihren Hüften. Hart presste Herbert seine Frau von hinten an sich.

Eine Berührung, nach der sie sich früher gesehnt hatte, nun jedoch kaum ertragen konnte.

„Lass mich in Ruhe!", fauchte sie und wirbelte herum. „Du bist betrunken!"

„Ich weiß noch genau, was ich tue!", widersprach er aggressiv. Blitzschnell griff er nach ihrem Handgelenk und umklammerte es mit eisernem Griff. „Komm her und gib mir, was ich will!"

„Rühr mich nicht an!", gab sie ebenso heftig zurück. „Von mir bekommst du gar nichts! Du widerst mich an!"

Ehe sie ausweichen konnte, schlug er ihr mit der flachen Hand ins Gesicht.

„Stell dich gefälligst nicht so an! Du kannst froh sein, dass dich überhaupt noch jemand anfasst! Ich habe ein Recht darauf! Du bist immer noch meine Frau!"

„Aber nicht mehr lange", erklärte sie mit erstaunlich fester Stimme. Es war, als hätte dieser Schlag sie endlich wachgerüttelt. „Seit achtundzwanzig Jahren sagst du mir, was ich zu tun habe. Damit ist jetzt Schluss!"

Seine Verblüffung ausnutzend schnappte sie sich das Kopfkissen und die Decke vom Bett und flüchtete damit ins Gästezimmer. Mit bebenden Fingern drehte sie den Schlüssel im Schloss, ehe sie sich am ganzen Körper zitternd gegen die Tür lehnte. Dabei liefen ihr die Tränen ungehindert über das Gesicht.

Herbert brauchte eine Weile, um sich von dem Schock zu erholen, dass seine Frau sich ihm plötzlich widersetzte. Bislang hatte er sie gut im Griff gehabt. Sogleich vermutete er, ihre Freundin hätte sie gegen ihn aufgehetzt. Er hatte diese emanzipierte Werbehexe noch nie leiden können. Aber er würde das schon wieder hinbiegen. Wenn er Lisa eine kleine Geburtstagsfeier in Aussicht stellte, würde sie ihm wieder aus der Hand fressen!

„Ich werde dir diese Flausen schon austreiben", murmelte er und entkleidete sich. Nur in seinen karierten Boxershorts betrat er das Bad. Selbstzufrieden betrachtete er sich im Spiegel. Trotz des schütteren Haars, den Tränensäcken und dem nicht zu übersehenden Bauchansatz hielt er sich für attraktiv. Das musste so sein. Sonst hätte er wohl kaum eine dreißig Jahre jüngere Geliebte für sich gewinnen können!

Lisa lag hellwach im Bett des Gästezimmers und starrte in die Dunkelheit. Das Klappen der Badezimmertür war ihr nicht entgangen. Mit angehaltenem Atem wartete sie auf das Ende ihrer Ehe. Lisa kannte ihren Mann. Für ihn musste alles an seinem gewohnten Platz stehen. Oft hatte er ihr deswegen eine Szene gemacht. Bald würde er den umgedrehten Zahnputzbecher mit dem Blütendekor auf der Ablage entdecken und seine Frau im Stillen für ihre Unfähigkeit verfluchen, das Bad ordentlich zu hinterlassen. Verärgert würde Herbert nach dem Porzellanbecher greifen und ...

„Lisa!" Sein Entsetzensschrei hallte zu ihr herüber. Anstatt, wie es sich für eine brave Ehefrau gehörte, ihrem Mann zur Hilfe zu eilen, zog Lisa sich das Kissen über den Kopf. Still blieb sie im Bett liegen. Dabei verlor sie jedes Zeitgefühl. Irgendwann stand sie auf, verließ das Gästezimmer und ging barfuß über den Flur. Zögernd legte sie die Hand auf die Klinke und öffnete die Badezimmertür. Herbert lag mit geschlossenen Augen in merkwürdig gekrümmter Haltung vor der Badewanne.

Sein Körper glänzte schweißnass. Es kostete Lisa enorme Überwindung, sich neben ihren Mann zu hocken und an seinem Handgelenk nach dem Puls zu tasten.

Urplötzlich riss er die Augen auf, so dass Lisa zutiefst erschrocken zurückzuckte. Im nächsten Moment fiel sein Kopf jedoch zur Seite – und die Augen brachen.

„Bis dass der Tod uns scheidet ...", flüsterte Lisa und erhob sich. Innerlich völlig ruhig ging sie ins Schlafzimmer hinüber und schlüpfte in einen Morgenmantel. Dann griff sie zum Telefon und wählte die Nummer des Hausarztes.

Dr. Seidel versprach, sofort zu kommen.

Während Lisa auf ihn wartete, kehrte sie ins Bad zurück und schaute sich suchend nach der Spinne um. Das schwarze Tier saß reglos an der Wand neben der Toilette.

Als Lisa die Spinne abends nach dem Duschen mit dem Zahnputzbecher gefangen hatte, war sie noch davon überzeugt gewesen, Herbert angesichts dieser ihm angsteinflößenden Kreatur dazu zu bringen, seine Untreue zuzugeben. Doch dann hatte er sie zum ersten Mal geschlagen. Nach all den zugefügten Demütigungen der vergangenen Jahre hatte er eine Grenze überschritten. Unmöglich, weiterhin mit ihm unter einem Dach zu leben. Mit beiden Händen fing Lisa die Spinne ein und trug sie zum Fenster. Dort beugte sie sich etwas hinaus, um dem Tier die Freiheit zu schenken.

„Danke", sagte sie leise und setzte die Spinne behutsam auf ein Blatt an der Fassade.

Schon nach wenigen Minuten traf der Hausarzt der Familie ein. Nach kurzer Untersuchung des Toten erhob sich Dr. Seidel. „Herzinfarkt", sagte er ohne jede Verwunderung. „Es tut mir leid, Frau Becker, ich kann nichts mehr für Ihren Mann tun. Oft genug habe ich ihn gewarnt, aber er wollte einfach nicht auf mich hören." Ohne weiter zu fragen, welches Ereignis den Infarkt ausgelöst haben könnte, stellte er den Totenschein aus.

In der nächsten Woche traf Lisa sich mit ihrer Freundin in Hannovers City. Fast wäre Ellen an Lisa in der Georgstraße vorbeigelaufen, denn sie sah völlig verändert aus. Das elegante schwarze Kostüm betonte ihre schlanke Figur; die Füße steckten in hochhackigen gleichfarbenen Pumps, das dezent geschminkte Gesicht wurde von einer modischen neuen Frisur umrahmt.

„Bist du das wirklich?", fragte Ellen maßlos erstaunt. „Beinah hätte ich dich nicht erkannt, Lisa. Wem oder was ist diese wundervolle Verwandlung zu verdanken?"

„Das erzähle ich dir bei einer Tasse Kaffee", entgegnete Lisa lächelnd. „Komm, ich lade dich ein."

„Nun rede schon", forderte Ellen die Freundin ungeduldig auf, nachdem sie Kaffee und Kuchen bestellt hatten. „Hast du im Lotto gewonnen und Herbert endlich zum Teufel gejagt?"

„Besser", lächelte Lisa. „Herbert hatte einen Herzinfarkt."

„Demnach liegt er nun im Krankenhaus und du kannst endlich einmal schalten und walten wie du willst?"

„Das werde ich von nun an immer können, Ellen. Leider habe ich Herbert nicht rechtzeitig gefunden. Deshalb hat er den Infarkt nicht überlebt."

Damit hätte Ellen nicht gerechnet. Ihre Betroffenheit wich jedoch rasch einem schelmischen Lächeln.

„Muss ich dir jetzt mein Beileid aussprechen?"

„Nicht nötig", winkte Lisa ab. „Du kannst mir sogar gratulieren: Vor dir sitzt eine reiche Witwe. Herberts Dachstübchen hat sich als wahre Goldgrube erwiesen. Dort habe ich Aktien, Investmentfonds und eine hohe Lebensversicherung gefunden. Außerdem Herberts Gehaltsabrechnungen. Hätte ich geahnt, dass er so viel verdient hat, dass er jeden Monat ein hübsches Sümmchen anlegen konnte, wäre ich nicht so dumm gewesen, mich mit dem bisschen Wirtschaftsgeld zufrieden zu geben."

„Ich freue mich für dich", sagte Ellen aufrichtig. „Nun kannst du endlich anfangen zu leben. Was wirst du als erstes tun?"

„Morgen muss ich noch die Urnenbeisetzung hinter mich bringen. Meine Kinder haben mich darin bestärkt, meinen Geburtstag nächste Woche trotz allem zu feiern. Und anschließend fahre ich in den Urlaub. In den ersten Urlaub seit achtundzwanzig Jahren."

Verstehend nickte Ellen, bevor sie mit vielsagendem Blick auf die kleine silberne Spinne an Lisa Kostümjacke deutete.

„Hübsche Brosche. Symbolisiert sie zufällig deine neue Freiheit?"

Hintergründig lächelnd nickte Lisa nur.

Silvia Sturzenegger-Post
Rosie

Der Schweiß lief mir in dicken, kalten Tropfen über den Rücken und staute sich einen Moment am engen Hosenbund, bevor er vom Stoff meiner Hose aufgesaugt wurde. Mein Herz hämmerte schmerzhaft bis hoch in die Haarwurzeln. Und meine Finger fühlten sich an, als würden sie unaufhörlich von Stromstößen durchzuckt. Auf jeden Fall konnte ich meine Hände unmöglich ruhig halten, das triefende Messer entglitt mir und fiel scheppernd in die Badewanne.

Das Schlimmste war, als ich vorhin die Klinge mit dem Laserschliff ansetzte. Da bemerkte ich nämlich erst den erstaunten Blick aus ihren glanzlosen Augen. Ihre Lider hatten sich von mir unbemerkt geöffnet. Merkwürdig, denn sie war mit hundertprozentiger Sicherheit tot. Sie schien durch mich hindurch oder vielmehr in mein Innerstes hineinzusehen. Ich säbelte mit aller Kraft, aber ich muss sagen, man macht sich wirklich keinen Begriff, welch harte Arbeit das ist. Für den Knochen würde ich wohl ein Beil brauchen. Ich hielt mich keuchend am Wannenrand fest und legte eine Pause ein. Das hohle Scheppern des Messers in der Wanne holte mich mit einem Mal in die Wirklichkeit zurück. Und dann ging mir plötzlich auf, was ich hier tat. Mein Magen krampfte sich zusammen und ich spürte einen starken Brechreiz aus der Tiefe meiner Eingeweide aufsteigen. Meine Beine gaben nach, mit einem Mal war alles Gefühl aus ihnen gewichen.

Als ich aufwachte, wusste ich erst nicht, wo ich mich befand. Martins und Rosies tiefe Atemzüge verwirrten mich. Ich zitterte am ganzen Körper. Die Übelkeit stand mir zuoberst im Hals. Mein Pyjama klebte am Leib, die Hose hatte sich verdreht und schnitt mir das Blut in den Beinen ab. Ich spürte sie kaum mehr und vermochte sie nicht mehr zu bewegen. Vorsichtig hob ich die Bettdecke an, griff mit beiden Händen um die Knie und zog die Beine in eine andere Position. Die Taubheit wurde durch ein immer stärker werdendes Kribbeln unterbrochen, verursacht durch das Blut, das sich den Weg in die endlich wieder freien Adern suchte. Mein lähmendes Entsetzen legte sich nur sehr langsam. Ich bemühte mich, ruhig und regelmäßig zu atmen. Der Traum war von solch einer eindringlichen Intensität gewesen, dass ich noch immer leise Zweifel hegte, ob nicht doch alles stimmte.

Rosie murmelte etwas im Schlaf. Martin hatte seinen Arm an ihre Taille gelegt, ein heller Streifen ihres Bauches lag frei und schimmerte in der Dämmerung. Ihre Hand lag einige Millimeter neben meinem Kopf. Ich spürte die beruhigende Wärme, die von ihrem Körper ausging.

Einmal, da war unsere Welt noch völlig in Ordnung. Niemals hätte ich es damals für möglich gehalten, dass ich fast jede Nacht zu solch blutrünstigen Träumen fähig wäre. Ich, der ich mich schon seit jeher für den friedfertigsten aller Menschen gehalten hatte. Damals gab es wirklich nirgends Raum in mir für diese rohe Gewalt, die noch immer bedrohlich in mir nachhallte. Der Mensch besitzt seinen Verstand, um Konflikte konstruktiv zu lösen. Eine meiner größten Fähigkeiten war schon immer die Leichtigkeit gewesen, mit der ich mich in die verschiedenen Menschen und ihre Perspektiven hineinversetzen konnte. Die Vielzahl von gelungenen Paarberatungen bewies mein Talent. Wohlgemerkt, es waren nicht immer einfache Fälle, die da in den Therapiegesprächen auf mich zukamen. Doch Lösungen gab es immer.

Eifersucht war nie unser Thema. Von allem Anfang an ist klar gewesen, dass wir unsere Beziehung so leben wollten. So und nicht anders. Immerhin hatte sich das inzwischen schon einige Jahre bewährt. Ich bin schon immer der Meinung gewesen, dass sich Eifersucht nicht auszahlt. Dass sie sich zum Schluss immer gegen einen selbst wendet. Außerdem halte ich es für nicht mehr als konsequent, dass man jenen Menschen, die man liebt, nur Gutes wünscht.

Martin ist, seit ich denken kann, mein bester Freund. Unsere Mütter haben uns schon als Babys zusammen spielen lassen, Es gibt Fotos, auf denen wir einträchtig nebeneinander im Bettchen liegen, unsere Rasseln in der Hand, die Schnuller im Mund. Man hätte uns für Brüder halten können. Bloß war Martin schon immer einen halben Kopf größer als ich. Und das ist er bis heute geblieben. Martin und ich sind ein eingespieltes Team. Fest verschweißt. Wir spielten in derselben Hockeymannschaft und besuchten dieselben Schulen. Als ich mich fürs Psychologiestudium entschied, belegte Martin an derselben Uni Architektur. Unser Geschmack ist schon immer gleich gewesen, auch was Frauen betrifft. Aber ich gebe zu, es war ziemlich schwierig, die Richtige zu finden. Verstehen Sie mich nicht falsch! Wir sind beide recht ansprechende Burschen. Mädchen kamen natürlich schon früh ins Spiel. Aber es handelte sich lange Jahre doch eher um kurze Affären, wirklich nichts Tiefgründiges. Sie verstehen: Man ist jung und neugierig, die Hormone sprudeln nur so und man möchte ausprobieren, was die Liebe so bringt. Erst viel später wurde uns bewusst, wonach wir eigentlich suchten. Da hatten wir uns die Hörner schon gehörig abgestoßen. War auch gut so. Man braucht schon eine gewisse Reife, um eine ernsthafte Beziehung eingehen zu können. Ich sehe täglich zur Genüge in meiner Praxis, wohin mangelnde Reife und Unüberlegtheit führen können.

Rosie kam an meinem freien Mittwoch in die Praxis. Natürlich nicht als Kundin. Ich werde nie vergessen, wie sie lässig am Empfangstresen lehnte. Ein feines, spöttisches Lächeln um ihre Lippen. Ihre hellblauen Augen funkelten wach und lebendig, schienen keinen Moment still zu stehen, sahen alles auf den ersten Blick und es war klar, dass ihnen so leicht nichts entging.

Ich hatte die Annonce drei Wochen zuvor aufgegeben. Die Putzfrau hatte gekündigt, eine unerfreuliche Geschichte.

Auf die Anzeige hin meldeten sich mehrere Frauen, zwei davon arbeiteten probeweise einige Tage bei mir. Der einen passte die voll verglaste Fensterfront nicht, da sie glaubte, sich deswegen beim Putzen zu überarbeiten. Der zweiten legte ich nahe, sich doch besser eine andere Stelle zu suchen, da sie es nicht für nötig hielt, beim Staubsaugen wenigstens die kleineren Möbel beiseite zu rücken. Ich hatte schon fast aufgegeben und war kurz in die Praxis gekommen, unter anderem um eine neue Annonce aufzusetzen, als – na, als eben sie ...

Sie hatte einmal kurz geklingelt und da stand sie nun am Tresen. Etwa Mitte zwanzig. Sie trug ihre braunen Locken wild durcheinander. Das stand ihr gut. Tolle Figur, hübsches Gesicht, was ihr aber vollkommen egal zu sein schien. Ihr Blick fixierte mich für den Bruchteil einer Sekunde, bewegte sich dann ohne innezuhalten kreuz und quer durch den Raum.

„Sie sind die Stelle mit der Putzfrau?"

Ihr Tonfall ließ keinen Widerspruch zu und brachte mich unwillkürlich zum Schmunzeln. Ich nickte.

„Dann fange ich am besten sofort an, nicht?"

Sie schien nicht daran zu zweifeln, dass sie die Richtige wäre, oder zu fürchten, dass die Stelle vielleicht schon anderweitig vergeben sein könnte.

Rosie steckte mitten im Abschluss für Archäologie. „Die beste Voraussetzung für eine Putzfrau. Ich bin den Staub der Jahrhunderte gewöhnt und mag das unkomplizierte, rücksichtslose Reinigen einer Praxis", versicherte sie mir am ersten Abend grinsend. Natürlich litt sie an chronischer Geldknappheit, hatte ihren Nebenjob als telefonische Befragerin eines Marketinginstitutes soeben verloren und meine Annonce war ihr beim Bündeln des Altpapiers ins Auge gefallen.

Als ich sicher sein konnte, dass sie das Heulen des Staubsaugers für alles andere taub machte, schnappte ich mir den Hörer und rief Martin an. Ich brauchte die Situation nicht lange zu schildern. Er verstand sofort und war meiner Meinung. Wir verabredeten uns für den frühen Abend. Er sollte mich abholen, wir würden zu dritt zum Chinesen gehen und alles Weitere würde sich fügen. Ich war sicher, dass es klappen würde. Und das tat es.

Rosie zeigte sich weder sonderlich überrascht, als sie nach einigen Tagen bemerkte, dass wir uns beide gleichermaßen für sie interessierten, noch störte sie unsere Offenheit. Erst glaubten wir, sie habe es einfach nicht mitgeschnitten, da sie doch ziemlich unter Druck stand. Immerhin steckte sie mitten in ihren Prüfungen. Ihre Stimmung änderte sich aber nach erfolgreichem Bestehen überhaupt nicht. Im Gegenteil. Sie genoss unser Werben sichtlich.

Als Martin durch seinen Geschäftspartner diese tolle Wohnung vermittelt bekam, war es völlig klar, dass wir da alle drei einzogen. Natürlich gab es ein Gerede. Aber das störte uns nicht.

Die Dreierkiste funktionierte. Die folgenden Jahre gehörten wirklich zum Besten, was uns passieren konnte, das können Sie mir glauben. Rosie war der Ausgleich. Sie war die Würze in der Suppe, war der ruhende Pol und zugleich unser Energievorrat. Sie schweißte uns noch mehr zusammen. Ihr sprühender Charme verlor in all der Zeit nichts von der unglaublichen Faszination, die er auf uns beide ausübte. Alles war geradezu perfekt. Dazu gemacht, bis in alle Ewigkeit anzudauern. Und das würde es auch, daran zweifelten wir keinen Moment.

Vielleicht hätten wir wachsamer sein sollen. Aber wer hätte denn gedacht?

Die Veränderung vollzog sich unmerklich.

Rosie arbeitet seit geraumer Zeit an der Uni als Assistentin. „Marion" existierte einige Wochen lang einzig in Form einiger von Rosie in unsere Unterhaltung eingestreuter Nebensätze. Sie war neu zu Rosies Team gestoßen. Erst nahmen wir sie gar nicht richtig zur Kenntnis. Mit der Zeit aber fühlten wir uns immer mehr irritiert. Rosie erwähnte Marion mittlerweile in beinah jedem zweiten Satz. Als Rosie eines Tages eine Unterhaltung über unsere gute alte Dreierkiste mit dem Satz beendete, einzig eine Frau könne eine andere Frau wirklich verstehen, hakte Martin nach.

Rosie neigte den Kopf zur Seite, klimperte ironisch mit den Wimpern – und schwieg.

Dieses Schweigen begann nach und nach unser Zusammensein zu lähmen. Ich hatte den Eindruck, dass sich Rosie zusehends vor uns verschloss. Die Sache nahm ungute Formen an. Nicht, dass wir einander jemals davon abgehalten hätten, andere Kontakte zu pflegen. Eine gute Beziehung zeichnet sich schließlich dadurch aus, dass die Waage zwischen Abgrenzung und Nähe schön ausbalanciert ist. Aber was hier mit Marion lief, ging eindeutig zu weit. Rosie schien richtig aufzublühen. Verbrachte viel Zeit mit ihrer neuen Freundin. Zu viel Zeit, wie ich fand. Kichernd wie zwei Teenager hockten die beiden immer öfter in unserer Küche. Ließen sich durch nichts stören.

Martin floh, indem er sich bis zum Hals in die Arbeit kniete. Er blieb bis spät nachts im Büro. Mir blieb nur das Bett, in das ich mich jeweils im Laufe des fortschreitenden Abends zurückzog. Das endlose Gelächter der beiden Frauen in der Küche ständig im Ohr. Sie werden verstehen, dass ich begann, Marions Stimme zu hassen, ihren Geruch, die Art, wie sie sich bewegte und sprach. Vor allem ihre gespielte Arglosigkeit mir gegenüber. Ich nahm ihr nicht ab, dass sie nicht merkte, wie es um uns stand. Sie hatte vor, sich zwischen uns zu drängen, das war klar. Dazu setzte sie ihre scheinheiligste Miene auf. Meine Entschlossenheit wuchs von Tag zu Tag. Wenn sie unbedingt Krieg wollte, sollte sie ihn haben! Ich war bereit.

Es war der Zufall, der mir zu Hilfe kam. Und ich ergriff die gebotene Gelegenheit dankbar. In jener Nacht hatte ich es nicht mehr ausgehalten. Rosie war schon seit Stunden überfällig. Sie hatte sich mit Marion verabredet. Beide wollten sich einen neuen Streifen mit Brad Pitt ansehen. Doch selbst wenn sie die Spätvorstellung besucht hatten und anschließend noch für eine Weile in einer Kneipe hängen geblieben waren, an einem ganz normalen Wochentag blieb Rosie normalerweise nicht länger als bis Mitternacht weg. Ich war sehr unruhig. Martin auch. Wir beschlossen, dass er zu Hause wartete und mich sofort anrief, falls Rosie auftauchte.

Ich setzte mich in meinen Wagen. Erst wollte ich bei Marion vorbeischauen. Es konnte ja immerhin sein, dass die beiden dort waren. Sie wohnte in einer ziemlich ruhigen Gegend am Stadtrand, in einem luxuriösen Haus, das sie von ihrer Mutter geerbt hatte. Ich parkte in einer Parallelstraße und nahm die Abkürzung über einen engen, dunklen Fußweg zwischen den Grundstücken, den ich bereits von früheren Erkundungen her kannte. Flüchtig sah ich vorn auf der Straße einen dunklen Kastenwagen stehen, der gleich darauf im schnellen Tempo wegfuhr. Dann war es ruhig und ich ging langsam auf Marions Haus zu.

Im Erdgeschoss brannte Licht. Ich atmete auf. Wahrscheinlich hockten sie über einer Flasche Wein in der Küche. Ich nahm mir vor, Rosie einfach mitzunehmen, falls sie da wäre. Als ich mich durch den Garten der Haustür näherte, bemerkte ich, dass sie halb offen stand. Ich stutzte. Vorsichtig stieg ich die drei Stufen empor und stieß die Tür mit dem Ellbogen ganz auf. Fast hätte ich im ersten Moment den Fuß übersehen, der unnatürlich verrenkt hinter dem Mauervorsprung im Flur hervorragte. Ich blieb stockstill stehen. Es war kein Geräusch zu hören. Ich bog vorsichtig um die Ecke.

Marion lag auf dem Boden, den Kopf nach hinten gebogen, eine tief klaffende Wunde am Hals und überall war Blut.

Mein erster Gedanke galt Rosie. Nachdem ich mich in Windeseile vergewissert hatte, dass sie nicht hier war, zückte ich mein Handy, um Martin anzurufen. Er war sofort dran. Rosie sei in dieser Sekunde nach Hause gekommen. Ich atmete auf. „Hör, es ist ausgestanden. Alles wird gut. Bis später!"

Als ich das Handy ausschaltete, nahm ich aus dem Augenwinkel eine schwache Bewegung wahr. Marion hatte die Augen geöffnet und sah mich an. Sie bewegte lautlos ihren Mund. Widerwillig beugte ich mich zu ihr hinunter. „Arzt", flüsterte sie mehrmals. Ich erhob mich. Dann löschte ich das Licht, nicht ohne vorher den Ärmel über die Hand zu ziehen, wegen der Fingerabdrücke. Als ich die Haustür hinter mir ins Schloss zog, durchwogte mich ein tiefes Gefühl der Befriedigung.

Man fand Marion zwei Tage später tot in ihrem Haus. Zeitungen und Fernsehen bauschten den Fall nach Kräften auf. Kein Wunder, es herrschte Sommerflaute und die Sache war ein gefundenes Fressen für die Medien. Fünf Wochen später schnappte man zwei Einbrecher. Sie gestanden verschiedene Taten. Unter anderem den Mord an Marion. Sie hatte die beiden im falschen Moment überrascht. Und unversehens war unser Problem gelöst. Außerdem tat es verdammt gut, Rosie in dieser schweren Zeit beizustehen.

Sabine Ludwigs
Der Job

Ich wünschte, es würde aufhören! Aber ich bin machtlos gegen die Bilder in meinem Kopf. Ich muss noch nicht einmal die Augen schließen; Anna Sieders Anblick verfolgt mich.

Wie sie dalag, in einem tiefroten Kleid aus Seide. Am rechten Fuß hing eine schwarze Pantolette. Der linke war nackt.

Ihr Gesicht war angeschwollen, bläulich verfärbt. Die Zunge quoll zwischen den Lippen hervor wie eine Nacktschnecke und ihre Lider standen einen Spaltbreit offen, als würde sie einen verstohlen beobachten. Der blutunterlaufene Wulst um ihren Hals schrie geradezu heraus, wie sie ums Leben gekommen war – aber nicht, wer es ihr genommen hatte. Dabei war sie am Freitag noch so lebendig und voller Tatendrang gewesen.

An diesem Tag ging ich zu einem Vorstellungsgespräch in Doktor Kühnes Kanzlei. Er ließ mich selbst herein, musterte mich und bat mich dann zu warten, weil er noch Besuch habe.

Nervös saß ich im Warteraum. Für mich war das der erste Hoffnungsschimmer seit Jahren. Das Büro lag nur zwei Straßen von meiner Wohnung entfernt und das Geld konnte ich gut gebrauchen. Bei Sozialhilfe und zwei Teenagern dreht man jeden Cent nicht zweimal, sondern viermal um.

Ich hörte ein helles Frauenlachen hinter der geschlossenen Tür, hin und wieder Stimmengemurmel. Aber verstehen konnte ich nichts, weil auf dem Rathausplatz Demonstranten gegen den Ausbau der Autobahn protestierten: „Rettet das Mühlenbachtal!", riefen sie. „Schützt die Natur!"

Nach ungefähr zwanzig Minuten öffnete sich die Bürotür und Doktor Kühne trat mit einer Frau heraus. Er schüttelte ihr zum Abschied die Hand.

„Also dann, Frau Sieder." Er grinste breit. „Ich sehe Sie dann Anfang der Woche, ja?"

Sie war kleiner als ich, schlanker und um einiges jünger. Ihr schwarzes Haar trug sie zu einem Zopf geflochten, der ihr fast bis zur Taille reichte. Ihre Hände waren gepflegt, die künstlichen Fingernägel rosa lackiert. Das knapp geschnittene rote Kleid stand ihr ausgezeichnet.

Neben ihr wirkte ich wie ein Aschenbrödel. Man sah mir mein Alter deutlich an, jedes einzelne Jahr. Meine grauen Strähnen überdeckte ich mit einer billigen Tönung aus der Drogerie, an eine Garnitur Acrylnägel war überhaupt nicht zu denken und auch mein Kostüm hatte schon bessere Tage erlebt.

Sie lächelte Doktor Kühne zu. „Gut", sagte sie. „Ich freue mich!" Mit einem flüchtigen Nicken grüßte sie in meine Richtung und ging.

„Frau Klimm!" Doktor Kühne rieb sich aufgekratzt die Hände. „Ich erledige noch einen klitzekleinen Anruf, danach bin ich für Sie da, ja?"

Ohne meine Antwort abzuwarten, ging er in sein Büro. Ich kam gar nicht umhin, durch den Türspalt ein paar Satzfetzen aufzuschnappen.

„Ich bin's ... ja, sie ist eben raus ... war ein heißer Tipp!", schwärmte er. „Die kennt sich wirklich aus ..." – sein Lachen klang schmierig in meinen Ohren, „einfach sa-gen-haft."

Ich schüttelte den Kopf. Eindeutig. Eindeutig und widerlich, diese Ausdrucksweise. Und geradezu ekelerregend, was manche Weiber für einen Job taten. Die eben jedenfalls war sich offenbar für nichts zu schade.

„Hör mal", gluckste Kühne. „Ich habe noch einen Termin ... nee, das dauert nicht lange. Bis gleich!"

Kurz darauf saß ich vor seinem Schreibtisch. Kühne blätterte rasch meine Bewerbungsunterlagen durch und erklärte dann, dass es noch eine zweite Bewerberin gäbe und er in Ruhe abwägen wolle. „Ich werde Sie morgen telefonisch informieren, damit Sie gegebenenfalls am Montag anfangen können. Sie – oder die andere Dame."

Die andere Dame. Der ich vorhin begegnet war. Meine Konkurrentin. Ach was! Konkurrentin! Sie war jünger, attraktiv und offenbar ein Ass in Sachen Sex. Da konnte so eine wie ich nicht mehr mithalten. Im Job nicht, und beim Ehemann übrigens auch nicht, denn der hatte mich gegen ein jüngeres Exemplar ausgetauscht.

Beim Hinausgehen fiel mein Blick auf eine Visitenkarte. Der Name *Sieder* stach mir geradezu ins Auge. *Anna Sieder. Im Wiesengrund 8.*

Warum ich zu ihr hinausfuhr und was genau ich von ihr wollte – ich weiß es nicht. Wirklich nicht! Vielleicht ihr jedes Haar einzeln herausrupfen, ihr die Krallen stutzen oder das rote Fähnchen zerreißen. Geplant hatte ich nichts, da war einfach nur ein Drängen in mir, ein Gefühl, als hätte ich einen glühenden Stein in meinem Schädel.

Es begann zu dämmern, als ich in die Straße bog. Ihr Haus war das letzte auf der rechten Seite. Frau Sieder stand hinten im Garten, schaute durch ein Fernglas und machte sich Notizen. „Guckt sich wohl die Sterne an, das kleine Luder", dachte ich und schlich näher. Nach einigen Minuten ging sie ins Haus und ich trat – ohne das geringste Geräusch zu verursachen – hinter sie. Anna Sieder zog die Schultern hoch, so, als spüre sie einen kalten Luftzug.

Ohne mein Dazutun streckten sich meine Hände aus und schlangen blitzschnell ihren üppigen Zopf um ihren Hals. Er legte sich wie eine unerbittliche Boa constrictor darum, drückte sich in das Fleisch, schnürte ihr die Luft ab. Das glatte Haar war schwer zu halten, es drohte mir durch die Finger zu rutschen, doch irgendwie schaffte ich es, die Schlinge enger zu ziehen.

Würgegeräusche erfüllten die Luft, Blut staute sich in Anna Sieders Gesicht und ihre Zunge drängte sich zwischen den Lippen hervor.

Sie zappelte, als würden Stromstöße durch ihren Körper jagen, und versuchte ihre Finger zwischen Hals und Strang zu quetschen. Ihre Nägel hinterließen Kratzer, aber sie konnte sich nicht befreien, konnte nicht einmal schreien. Nur zappeln und zerren und reißen und würgen und schlagen und ihr Leben aushauchen.

Ihre Füße trommelten auf den Boden, sie verlor eine Pantolette und ich spürte ihr Herz durch ihren Rücken gegen meinen Brustkorb hämmern: Wumm!, machte es. Wumm! Wumm!

Doch allmählich wurde es schwächer; pumperte, stolperte, flatterte wie die zarten Flügel der Zebrafinken, die in einer Voliere neben dem Fenster aufgeregt herumschwirrten. Die Vögel piepsten und tschilpten, flaumige Federn flogen heraus und dann, als Anna endlich still war, verstummten auch sie.

Natürlich rief Doktor Kühne mich an, wenn auch einen Tag später als vereinbart. Am Montag fing ich dann an und am Mittwoch traf mich der Schlag, als ich zwei Vorgänge auf den Tisch bekam.

Einmal sollte ich eine Absage und Bewerbungsunterlagen für eine Stelle als Renogehilfin an eine Frau namens Stefanie Gregor zurücksenden.

Und dann war da noch ein Schreiben an Anna Sieder mit der dringenden Bitte, sich sofort in unserer Kanzlei zu melden. Wir brauchten das Gutachten bezüglich der unter Naturschutz stehenden Vogelarten, um den Ausbau der Autobahn zu verhindern, deren Gegner Doktor Kühne unentgeltlich vertrat.

„Wissen Sie", erzählte der Chef. „Frau Sieder ist Ornithologin und eine Koryphäe auf dem Gebiet! Es wäre nicht das erste Gutachten, mit dem sie Umweltschützer erfolgreich unterstützt. Glauben Sie mir: „Die kennt sich wirklich aus mit Vögeln. Einfach sa-gen-haft!"

Karin Winteler-Juchli
Falsch zugestellt

Die Luft im Verhörzimmer war zum Schneiden dick. Die Frau saß zusammengesunken auf dem schäbigen, grünen Plastikstuhl, den Blick stumm zu Boden gerichtet. Die Handschellen hatte man ihr abgenommen, sie rieb unablässig die schmalen Handgelenke. Das Geräusch jagte der kräftigen Gefängniswärterin, die an der Türe stand, kalte Schauer über den Rücken. Das grelle Neonlicht ließ die eingefallenen Wangen und die ungewaschenen grauen, kurzen Haarsträhnen der Inhaftierten grünlich erscheinen. Der schnauzbärtige Kommissar thronte ihr gegenüber, die Beine gespreizt, um Platz für seinen Bauch zu schaffen. Er trommelte ungeduldig mit dem Kugelschreiber auf die Tischplatte. Er blätterte in der Akte, räusperte sich und richtete seine Worte an diese kleine, schmale Person vor ihm, von der er sich nicht im Traum vorstellen konnte, dass sie zwei Menschen erstochen hatte. Es sollte ein seltsames, denkwürdiges Verhör werden. Der Kommissar schwitzte, was nicht zur Verbesserung der Luftqualität beitrug. Er wischte sich wiederholt den Schweiß von der Glatze. Stunden später, als er sie in ihre Zelle hatte zurückbringen lassen, stand er am Fenster und blickte hinaus in den regnerischen Abend. Morgen musste er einen Bericht abgeben. Viele Verbrecher hatten ihm in seiner Laufbahn gegenüber gesessen. Vernehmungen waren zur reinen Routine geworden. Doch diese gebrechliche, verwelkte Frau namens Gertrud, an der die Insassenkleider herunterhingen wie an einer Vogelscheuche, hatte sein abgebrühtes Herz berührt. Er drehte sich um und drückte auf die Playtaste des Aufnahmegerätes. Gertruds leise, sanfte Stimme füllte den Raum mit gespenstischer Intensität. Der Kommissar konnte sie direkt vor sich sehen, wie sie händeringend nach Worten suchte, dann mechanisch, monoton und zu niemandem Bestimmten gesagt hatte: „Ja, der Brief, Sie wollten mehr über diesen Brief erfahren: Es ist nicht so, dass ich einen handgeschriebenen Brief erwarte, wenn ich die Türe meines Briefkastens öffne. Was sollte schon Überraschendes geschehen in meinem einsamen Leben? Verstehen Sie mich nicht falsch, ich beklage mich nicht über mangelnde soziale Kontakte. Meine ewig palavernde Schwester und ihre ungezogene Brut, die über mich herfällt wie ein Heuschreckenschwarm, mein Sofa bevölkert und mich zu Tode erschöpft und in allen Ritzen ihre ekligen Haare und Kopfhautschuppen zurücklässt, vermisse ich kein bisschen.

Eine dicke Aufschrift hält unerwünschte Prospekte aus meinem geordneten Leben fern. Teures kann ich mir nicht leisten und von diesem modernen Medienkram halte ich wenig und Versandhauskataloge betrachte ich als reine Zeitverschwendung. Meine Bettwäsche ist von guter Qualität und wird mich bestimmt überdauern. Der Inhalt meines grauen, schmalen Blechbriefkastens ist also beruhigend überblickbar. Selten genug finde ich darin etwas anderes als Rechnungen, deren Beträge ich natürlich fein säuberlich in mein Kassenbuch eintrage. Vielleicht mal eine bunte Postkarte mit schamlos wolkenlosem Himmel und gelogen menschenleeren Stränden. Todesanzeigen mag ich grundsätzlich, aber wer gestorben ist, hinterlässt mir nichts.

Am meisten ärgern mich die fantasielosen Geburtsanzeigen von überglücklichen Eltern, meinen nichtsnutzigen Nichten und Neffen, die ein beträchtliches Geschenk zur Geburt von der lieben Tante erwarten. Ha! Was soll daran schon so erstrebenswert sein, einem schreienden Balg stinkende Windeln ausziehen zu müssen? Ich habe mir niemals Kinder gewünscht und meinen Puppen Arme und Köpfe abgerissen. Das war in der Zeit, als mein gottloser Vater täglich betrunken nach Hause kam und meine hilflose Mutter schlug.

Ich bin nicht frustriert, verstehen Sie mich richtig. Ich mag mein Leben, alles läuft nach einem gut durchdachten Plan. In Fahrstühle steige ich nicht ein, die Enge darin mag ich nicht und das Treppensteigen hält mich fit. Menschenmengen ängstigen mich. Ich verreise auch grundsätzlich nie. Meine zwei Zimmer, eine Altbauwohnung im zweiten Stock, genügen mir. Ein kleiner Balkon für meine Blumentöpfe und Küchenkräuter, ein Kamillentee am Feierabend vor dem Fernseher und ein weißer Stofftiger neben mir auf dem blauen Sofa. Mein Leben verläuft geradlinig, unkompliziert. Ich mag es, wenn ich weiß, was ich von einem Tag zu erwarten habe. Die Monotonie an meinem Arbeitsplatz stört mich nicht, sie beruhigt mich. Die Hygiene ist mir sehr wichtig. Ich wasche mir oft die Hände, weil diese ganzen Bakterien und Pilze mich sonst krank machen und ich eines frühzeitigen Todes sterben würde. Die meisten Menschen wissen nicht, dass da ein Zusammenhang besteht, zwischen den Bakterienkulturen unter ihren Fingernägeln und der Häufigkeit von Krebs und Herzinfarkten. Auch Hausstaub ist eine gefährliche Sache, deshalb reinige ich jeden Abend meine Wohnung vor dem Schlafengehen sehr gründlich, damit meine Bronchien nicht etwa verschleimen und mich über Nacht eine lebensbedrohliche Lungenentzündung ereilen könnte."

Der Kommissar hörte seine eigene Stimme auf dem Band und sie erschien ihm vertraut und doch unangenehm verzerrt, nasal und durchdringend. „Wie war Ihr Verhältnis zu Selma Vogel?" Worauf Gertrud bitter auflachte, was eher einem Keuchen ähnelte. „Wir hatten nichts miteinander zu tun. Grüßten uns im Treppenhaus. Wissen Sie, ich bin ein seriöser Mensch, nicht so leichtlebig, wie meine hemmungslose Nachbarin Selma Vogel. Sie lebte wie eine Prostituierte, sozusagen im Schwarm. Im Vogelschwarm, haha, ja Sie sehen, ich habe durchaus eine humoristische Ader.

An Wochenenden war es am schlimmsten. Ständig gingen bei ihr Leute ein und aus, tranken Kaffee, rauchten auf dem klitzekleinen Balkon, stellten ihre Tassen in meine Pflanzentöpfe oder noch schlimmer, drückten diese eklig stinkenden Glimmstängel in die Erde meiner mit Sorgfalt und Liebe gepflegten Küchenkräuter. Wie ich das hasste.

Ich kauerte jeweils angespannt auf meinem blauen Sofa, den weißen Tiger an mich gedrückt und lauschte ihren frivolen Gesprächen, die durch das offene Wohnzimmerfenster drangen. Sie redeten ganz frei von unaussprechlichen Dingen so wie andere vom Wetter. Selma küsste diese Männer auf ihrem Balkon und ich sah durch die Vorhänge die gierigen Hände auf ihrem fast nackten Rücken. Selma war die Gebieterin, sie konnte mit einem Zucken ihres Zeigefingers entscheiden über Gedeih oder Verderb. Wenigstens besaßen sie soviel Anstand, dazu ins Wohnzimmer zu gehen, aber durch die offene Türe drangen Geräusche, die mein Innerstes zum Beben brachten."

Ihre Stimme wurde so leise, dass sich der Kommissar zum Aufnahmegerät hinunterbeugen musste, um die Angeklagte zu verstehen. Wieder war er überrascht über ihre gebildete Sprache.

„Ich wollte aufspringen und konnte mich nicht rühren. Die Balkontüre weit aufreißen, mich auf sie stürzen, sie schlagen, schütteln, in die Tiefe stürzen lassen. Mich über das Geländer beugen und lachend ihren entsetzlichen Schreien lauschen, wenn sie sich mit verrenkten Gliedern dort unten auf der Straße winden würden. Sie finden mich morbide, verrückt, von Sinnen? Bei Gott, ich bin ein friedlicher Mensch, durch und durch harmoniebedürftig, tue keiner Fliege etwas zu Leide." Sie stockte, schluchzte auf, dann brach es aus ihr hervor.

„Normalerweise!"

„Wann kam der Brief?"

„Es war Freitag. Ich kam gerade von meiner Arbeit als Bürokraft bei einem Treuhänder zurück. Auf dem Heimweg war ich einkaufen, die Tasche stand neben mir auf dem Boden. Darin ein Liter Magermilch, zwei Naturjoghurt, eine Gurke, alles wie immer. Die Briefkastentüre klemmte ein wenig, ich ärgerte mich, wie immer. Auf der Zeitung lag ein Brief – mir blieb das Herz stehen. Es war einer dieser kostbar seltenen Augenblicke, die sich einbrennen in die Zeit. Alle Sinne saugten gierig diesen Moment auf, damit er nicht im Sog der alltäglichen Bedeutungslosigkeit versinkt. Ich schnupperte an dem dicken, grauen Couvert, fühlte seine verheißungsvolle Schwere. Mit schweißnassen Händen drückte ich ihn an mein klopfendes Herz. Zwei Treppen im muffigen Treppenhaus, dieses eine Mal spürte ich mein arthritisches Knie nicht. Ich fand mich auf meinem blauen Sofa wieder, den Briefumschlag unablässig streichelnd. Schwindel erfasste mich und die kleine, saubere Schrift verschwamm vor meinen Augen.

ER schrieb mir, nach so vielen Jahren. Es konnte nur eines bedeuten: Er hatte sie verlassen und wollte mich, seine wahre Liebe. Mich, die ihn immer geliebt hat und die er verraten hat. Deutlich sah ich die Szene vor mir, als Rudi mir eröffnet hatte, dass er Anette heiraten würde. Wir standen auf der kleinen Brücke im Park und schauten ins Wasser. Anette sei schwanger, die Ehre verlange es, ihr nun beizustehen. Ich spuckte aus vor Ekel und sah den Schleim auf die Wasseroberfläche auftreffen und Ringe bilden. Es war der kristallklare Verrat unserer Liebe. Für die Ehe hatte ich mich aufgehoben, seinem Drängen sanft Einhalt geboten. Er war bei einer anderen schneller zum Zuge gekommen, bei Anette, diesem Luder. Ich drehte mich langsam um und blickte Rudi in die Augen. Ich wollte dieses hündische Flehen nicht sehen, diese ungeheuerliche, unmögliche Bitte, ihm sein Tun zu verzeihen. Nie, niemals wieder wollte ich in diese wunderbaren, zärtlichen Augen blicken. Einen Augenblick lang wollte ich ihm weinend um den Hals fallen. Ich streckte die Arme aus und dann ..."

Wieder sah er sie vor sich sitzen. Fröstelnd schloss die Frau die Augen, versuchte die Erinnerung zu vertreiben. Die Ungeheuerlichkeit des Geschehens ließ sie aufschluchzen.

„Ich war mir sicher, ihn dort im Wasser um sich schlagen zu sehen. Ich hatte mich umgedreht und war gegangen, fort, fort für immer von meiner Schmach, meinem unglücklichen Elternhaus. Fort von Rudi, der mir die Türe zum Paradies gezeigt hatte und mich dann noch vor dem Betreten daraus verstoßen hatte. Und heute an diesem unscheinbaren Freitag, so viele Jahre danach, sein Brief. Er kam zu mir, endlich! Ich weinte vor Freude und die Tränen fielen auf das dicke Couvert und hinterließen dunkle, runde Flecken.

Sollte ich den Brief aufreißen und den Inhalt gierig verschlingen wie einst als Schulmädchen? Nein, die Spannung war so lustvoll, so unerträglich lustvoll!"

Gertrud schien den Moment innerlich miterlebt zu haben, saß vor ihm auf dem wackligen Plastikstuhl und zitterte wie ein Blatt im Wind.

„Die süße Nachricht verursachte mir eine leichte Übelkeit. Lange saß ich da und zitterte vor überquellender Glückseligkeit. Dann starrte ich auf den dunklen, scharf umrissenen Spalt, den die Klinge des Brieföffners durch das Papier und mein Leben gezogen hat. Mit bebenden Händen setzte ich meine Lesebrille auf. *Geliebte, geliebtes Herz! In einer Woche bin ich bei Dir.*

Einer Ohnmacht nahe sank ich in die Kissen zurück. Ich hörte das Blut in meinen Ohren rauschen, es erschien mir wie himmlischer Engelsgesang. Nie, niemals hatte ich mir solche Worte erträumt. Ich sah an meinem ausgemergelten, ungepflegten Körper hinunter und schämte mich. Ich badete ausgiebig und wusch mir meine farblosen, dünnen Haare. Mit duftenden Essenzen wusch ich mir all die Jahre ohne ihn, Schicht für Schicht, von meiner Haut. Mein Herz häutete sich. Erst jetzt konnte ich weiter lesen, war innerlich nackt. Eine Woche lang saugte ich jede Zeile, jeden Buchstaben seines Briefes auf. Die zärtlichen Komplimente, das sehnsüchtige Verzehren und die wollüstigen Liebesbeteuerungen röteten meine welken Wangen und ließen das Blut durch meinen alternden Körper schäumen. Unterschrieben war der Brief mit unserem geheimen Kosenamen, den ich unter Bergen von Geröll in meinem Herzen wieder gefunden habe: *Dein Ambrosius.*"

Der Kommissar drückte auf die Stopptaste. Er schlug seine fleischige Faust auf den Tisch, um seinen aufwallenden Gefühlen Herr zu werden. Wie diese Frau ihr Innerstes nach außen kehrte! Diese Gertrud rührte ihn an einer verschütteten Stelle seines eigenen, einsamen Herzens. Wieder ließ er ihre Stimme erklingen: „Gestern kam das Ende. Plötzlich, schockierend unerwartet. Stiche in mein Herz. Ich hatte endlich die freudvolle Kraft gefunden aufzuräumen, alten Ballast loszuwerden, alles schön zu richten für ihn, der kommen sollte. Er, Rudi, mein Geliebter. Da fiel mir der graue Briefumschlag in die Hände, den ich so aufgeregt geherzt hatte. Ich setzte mich zu meinem treuen Tiger und spähte durch die Lesebrille. *Selma Guldimann. Im Grund 21*, stand in der kleinen schrägen Schrift. Im Grund 21 war korrekt, aber ich heiße doch Gertrud! Selma ist meine Nachbarin. Selma auf dem angrenzenden Balkon. Ihr makelloses Bild stieg vor mir auf und der kalte Schweiß trat auf meine Stirn. Wie sie sich genüsslich in ihrem Liegestuhl räkelt, ihren kurvigen, makellosen Körper mit Sonnenöl eincremt, ihre Nägel lackiert, in ihr Handy spricht und dabei gurrt und lacht. Und wie sie schreibt.

Durch meine Balkonpflanzen, Pfefferminze und Schnittlauch spähend, sehe ich sie an ihrem winzigen Tischchen sitzen und Briefe schreiben an meinen Ambrosius! Diese Erkenntnis ließ mein Herz mit einem Schlag erkalten. Ich vernahm das Klingeln an ihrer Haustüre, höre ihre Stimme schrill und freudig aufkreischen. Ihr Lachen und Rudis tiefer Bass vollführen Echos und Crescendi. Mein Wohnzimmer beginnt sich um mich zu drehen!"

Ihre Stimme war lauter geworden.

„In meinen Händen auf einmal das kühle Metall, mein Zauberstab. Ich trat auf den Balkon und lauschte der Melodie ihres Glücks. Guldimann, Selma Guldimann. Der Name dröhnte in meinem Kopf im Takt ihrer Lust: Guldimann, Guldimann, Anette Guldimann!"

Er sah in seiner Erinnerung, wie Gertrud erschöpft in ihrem Stuhl zusammensackte. Nachdem sie vorher fast geschrieen hatte, wurde ihre Stimme nun zu einem Flüstern.

„Nennen Sie es Verwirrung, Enttäuschung, Einsamkeit, Neid oder Missgunst einer alten Jungfer. Ich sage Ihnen nur eines: Sie haben die Hölle nie gefühlt! Das wollte ich Ihnen erzählen, damit Sie verstehen, warum zwei Menschen sterben mussten. Stiche ins Herz mit einer langen schmalen Klinge, wie von einem Brieföffner. Der Postbote hätte zwei Menschenleben retten können, wenn er den Brief in die Klappe nebenan geworfen hätte. Meine Unschuld müsste damit bewiesen sein. Schuld entsteht durch Vorsatz. Ich habe nicht vorsätzlich getötet. Ich, Gertrud, bin das Opfer gemeiner Verstrickungen des Schicksals. Das können Sie vielleicht nicht sofort verstehen, niemand kann die Not des anderen wirklich verstehen."

Der Kommissar setzte sich an den Tisch. Blätterte in den vorliegenden Akten. Griff sich ein Dokument, das die Polizei in der Wohnung von Selma Guldimann sichergestellt hatte. Eine Todesanzeige, datiert zweiundzwanzig Jahre und sechs Monate vor dem tragischen Ereignis:

Viel zu früh hast Du uns verlassen
Wir werden Dich immer in unseren Herzen tragen!
Rudi Meier
wurde am Samstag tragisches Opfer eines Badeunfalls
im Weiher des Stadtparks. Der Beisetzungsgottesdienst
findet am Samstag um 11 Uhr auf dem städtischen
Friedhof statt. Anstelle von Blumen gedenke man der
Kinderdorfstiftung Quelle.
Die Trauerfamilie
Otto und Hildegard Meier-Wühlich, Karl Meier, Anette
Guldimann

Darauf das Foto eines lachenden jungen Mannes. Ein breites, gutmütiges Gesicht mit fröhlichen, blauen Augen, umrahmt von blonden Locken. Der Kommissar seufzte tief. Gertrud Kessler hatte heute den Mord an Rudi Meier gestanden. Ein Mord, von dem sie bis zu diesem Augenblick nichts wusste. Oder hatte sie geahnt, dass Rudi nicht schwimmen konnte? Aber wie konnte sie dann Jahre später so überzeugt von seiner Rückkehr sein? Die menschliche Seele war unergründlich. Die Sehnsucht nach Liebe war eine große Macht. Er kannte sie gut.

Ein Mordprozess stand Gertrud Kessler ins Haus. Zweifache Tötung im Affekt. Das musste genügen.

Der Kommissar zerriss das erste Dokument. Die Todesanzeige von Rudi Meier, Vater der Selma Guldimann, die sechs Monate nach seinem Tod geboren wurde.

Dann ein Zweites: die Todesanzeige von Anette Guldimann, Mutter von Selma Guldimann. Er ging zur Toilette und spülte die Beweise mit einem kräftigen Ziehen an der Kette hinunter. Danach fühlte er sich erleichtert.

Franziska Lesky
Eis

Es war ein frostig kalter Tag Anfang Februar. Auf dem Feld peitschte der Wind verdorrte Blätter vor sich her, es roch nach frischer Erde. Einigen der Felder sah man an, dass sie kürzlich gepflügt worden waren und darauf warteten, eingesät zu werden. Gelblich ausgetrocknete Grashalme bewegten sich im Wind und wirkten, als könnten sie jeden Moment zerbrechen. Die letzte Nacht hatte den Feldern noch einmal eine leichte Decke aus Schnee übergezogen, die, in der an Kraft gewinnenden Frühlingssonne, nun langsam dahin schmolz.

Eine junge Frau schritt entschlossenen und doch seltsam zaghaft den Feldweg entlang, als hinderte sie etwas daran, schneller zu gehen. Sie hatte die rötlich blonden Haare zu einem Zopf geflochten, der lang und schwer auf ihren Rücken fiel. Die Haarpracht rahmte ein ebenmäßiges Gesicht mit nahezu filigranen Zügen ein. Ihre Haut war blass, doch die gerade Nase wurde von einigen Sommersprossen geziert und ihre etwas schräg liegenden Augen funkelten grün.

Bekleidet war sie mit einer billigen, schwarzen Jeans und einem ausgeleierten, gelben Strickpullover. An ihren Körper presste sie eine übergroße Handtasche aus bunten Wollbahnen. Die Tasche wirkte, als könnte sie alles um sich herum verschlucken.

Begonnen hatte die Geschichte an einem sonnigen Frühlingsdonnerstag im letzten Mai. Es war so schön gewesen, damals, als er … Doch daran wollte sie jetzt und ganz besonders heute nicht denken.

Neben ihr floss ein an den Rändern noch zugefrorener Bach, der leise grummelnd aus seinem Winterschlaf erwachte und mit dem Frühjahrsputz des Bachbetts begann.

Nicht mehr lange, dann würde die Brücke vor ihr liegen. Je näher die junge Frau der Brücke kam, desto nervöser wurde sie und begann immer stärker auf ihren bereits wunden Lippen zu kauen. Ihre Finger verkrampften sich um die Handtasche und nahmen eine fast blaue Farbe an.

Am Himmel verblassten die letzten Farben, die der Sonnenaufgang aus dem Nichts gezaubert hatte und hinterließen einen grauen, wolkenverhangenen Himmel. Bald würde Regen fallen.

Obwohl sie genau wusste, dass sie sich in der Nähe der Brücke befand, erschrak sie, als diese nach einer scharfen Kurve des Feldwegs plötzlich vor ihr anstieg.

Das erste Mal war sie auf der Brücke, bevor er eintraf. Immer war er früher gekommen und hatte stets lächelnd auf sie gewartet.

Heute jedoch war sie eher da als er. Es war Donnerstagmorgen und sie mochte noch eine gute halbe Stunde zu warten haben. Weit und breit war niemand zu sehen. Sie lehnte sich gedankenverloren an das Brückengeländer. Alles fühlte sich eiskalt an. Ihre Hände, ihre Füße und selbst ihr Herz schienen eingefroren zu sein.

Sie zog ihre hellblauen Wollhandschuhe an, doch auch die wollten ihren Fingern keine Wärme geben. Sie fror und sie wartete.

Alles schien wie immer. Wie immer.

Fünfundzwanzig Minuten später parkte er den weißen Mercedes in einer Nische unter der Tanne an der Stelle, an der er immer geparkt hatte.

Sie hatte das Motorengeräusch gehört, zwang sich aber stehen zu bleiben, wartete, bis er geparkt hatte und löste sich erst dann vom Anblick der letzten rosa Streifen am Himmel. Sie ging langsam, aber entschlossen auf das Auto zu, öffnete die Türe und ließ sich auf dem Beifahrersitz nieder.

Keine Begrüßung.

Sie hatte Angst, ihre Stimme könnte sie verraten und blieb stumm. Er aber schien nichts zu bemerken oder die fehlende Begrüßung auf ihr letztes, vor einigen Tagen geführtes Telefongespräch zurückzuführen.

Sie hörte ihn etwas sagen und wollte doch nichts hören. Was er sagte, machte für sie keinen Sinn und wirkte nicht mehr glaubhaft. Sie wusste jetzt Bescheid.

Schon allein seine Stimme zu hören, löste einen schmerzhaften Stich aus, der direkt in ihr Herz zu fahren schien. Sie spürte, dass sein Blick auf ihr ruhte, dass er erwartete, von ihr eine Antwort zu bekommen. Doch sie blieb stumm und hielt ihren Kopf gesenkt. Er drehte sich auf dem Fahrersitz in ihre Richtung und nahm ihre behandschuhten Hände in die seinen. Es war das erste und zugleich einzige Mal, dass sie ihren Blick kurz hob und ihm in seine grauen Augen sah.

Widerwillig, obwohl sie sich trotz oder gerade wegen des Schmerzes, den er ihr zugefügt hatte, am liebsten in seinen Armen verkrochen hätte, entzog sie ihm ihre Hände, als er vorsichtig versuchte, die hellblauen Wollhandschuhe von ihren Fingern zu ziehen.

Sie hatte sich noch nie jemandem gegenüber so verletzlich gefühlt und in ihr brannte ein Schmerz, über den sie keinerlei Kontrolle mehr hatte, den sie nie hatte kontrollieren können.

Scheinbar wie immer öffnete sie ihre Handtasche und nahm eine silberne Thermoskanne heraus, aus der sie für beide heißen Tee in Plastikbecher einschenkte.

Ihr Ritual.

Er nahm den Becher aus ihrer Hand, als sei das alles selbstverständlich. Sie wünschte, er würde sich verbrennen, am besten gleich den ganzen Rachen, da er, ohne zu zögern, einen großen Schluck nahm.

Als sie mit ihren Lippen die Flüssigkeit berührte, stellte sie fest, dass diese genau die richtige Temperatur besaß. Doch ihre offenen Lippen brannten von der Berührung und sie schreckte zurück.

Er hingegen trank wie immer rasch und gierig den ersten Becher aus und hielt ihr diesen erneut hin. Sie schenkte nach.

Er schaffte es, auch den zweiten Becher vollständig auszutrinken, bevor ihm die Augen zufielen.

Friedlich sah er aus, wie er so auf dem Autositz neben ihr schlief und sie konnte nicht umhin, ihm zärtlich über die Wange zu streicheln, bevor sie die Autotüre öffnete und den Inhalt ihres Bechers ausschüttete. Sie strich ihm über die weichen, braunen Haare, zog die Handschuhe aus und fuhr mit ihren Fingerspitzen wie schon so oft vorsichtig und zärtlich die Konturen seines Gesichts entlang. Ihre Fingerspitzen streiften kurz die geschlossenen Lider und wie immer staunte sie über die feine weiche Haut, die seine Augen beschützte. Sie berührte die kleine Narbe am Kinn, sie wusste nicht, woher diese stammte, aber sie hatte ihr immer gefallen.

Dann besann sie sich, riss sich zusammen und wandte sich ab. Sie packte die Thermoskanne und die beiden Becher wieder ein, beugte sich über den Schlafenden hinweg und drehte den Autoschlüssel, sodass sie die Heizung einschalten konnte. Diese stellte sie auf die höchste Stufe.

Aus dem Kühlbeutel nahm sie anschließend einen großen spitzen Eiszapfen, den sie einige Tage zuvor von der Regenrinne eines Gartenhauses abgebrochen hatte. Es war ihr klar gewesen, dass sie ihn brauchen würde und sie hatte ihn vorsorglich eingefroren. Nun wog sie ihn kurz in ihren wieder behandschuhten Händen, beugte sich seitlich über den friedlich Schlafenden, sah ihm direkt ins Gesicht, atmete tief durch, versuchte, all ihre Kraft in ihren Arm zu verlagern und stach zu.

Es war geschehen. Sie hatte es getan!

Eine Weile saß die junge Frau benommen im Auto.

Schließlich überwand sie sich und sprang aus dem Wagen. Sie warf die Tür mit einem Fußtritt hinter sich ins Schloss.

Keine Spuren. Alles nur Eis.

Aus einem Schleenbusch zog sie ein altes Fahrrad, das sie Tage vorher dort versteckt hatte und fuhr über ihre gemeinsame Brücke zurück zu dem grummelnden Fluss, an dem sie auf dem Hinweg vorbeigekommen war. Ihm folgte sie einige Kilometer, bevor sie das Rad an eine Birke lehnte und ins Flussbett hinunter stieg. Im Flussbett angekommen, öffnete sie ihre Handtasche und holte einen Müllsack sowie zwei weiche Handtücher heraus. Über den Fluss gebückt tauchte sie das eine ins winterlich kalte Wasser und säuberte ihr Gesicht Sofort fühlte sie sich besser. Sie zog sich aus, verstaute alle Kleider in dem blauen Plastiksack und watete, obwohl sie das Gefühl hatte, das Wasser müsste schon längst gefroren und nicht mehr flüssig sein, in den Fluss hinein und biss währenddessen ihre Lippen blutig. An einer Stelle reichte ihr das Wasser fast bis zur Hüfte, sie atmete tief ein und tauchte für einige Sekunden vollkommen unter. Als sie wieder auftauchte, fühlte sich sogar die kalte Februarluft warm an. So schnell wie möglich stakste sie aus dem Wasser und schlang sich das zweite Handtuch um den Körper. Ihre Zähne schlugen aufeinander und als sie ihre Haut betrachtete, zeigte diese an den Stellen, an denen sie sich abgerubbelt hatte, rote Flecken.

Alles getan, keine Spuren, aller Dreck im Eiswasser versunken.

Bibbernd zog sie sich die mitgebrachten frischen Kleider an.

Die Handtücher wanderten in den Müllsack zu ihren alten Kleidern. In den neuen, trockenen Kleidern begann ihre Haut schon bald angenehm zu prickeln, sie fühlte sich belebt und frisch, als wäre sie gerade erst richtig wach geworden. Sie wusch ihre Füße erneut im Bach und trocknete sie sorgfältig ab, um keine Blasen zu bekommen, schlüpfte dann in die Socken und Turnschuhe. Langsam wurde ihr wieder warm.

Sie hüpfte einige Zeit auf und ab und wirbelte die Arme durch die Luft, um auch in ihre Finger- und Fußspitzen Wärme zu bekommen.

Sie stand dicht neben einer alten Weide, die sich weit in den kleinen Fluss hinauslehnte und ihre Zweige traurig im trüben Wasser fischen ließ. Der Stamm des Baumes war knorrig und schien immer in verschiedene Richtungen gewachsen zu sein. Die Zweige wirkten dünn und mussten glatt gewesen sein, bevor sie im Herbst verdorrt waren. Als sie sowohl ihre Finger als auch ihre Zehen wieder spürte, untersuchte sie ihre Badestelle akribisch genau, um zu sehen, ob sie nichts vergessen hatte.

Vorsichtig klemmte sie den Müllsack auf den Gepäckträger des Rads und fuhr weiter flussabwärts. Einige Minuten noch, dann würde der Fluss in einen kleinen See münden.

Sie war die Strecke mindestens zehnmal in den letzten Tagen gefahren, die Chance, dass ihr um diese Uhrzeit jemand begegnete, war gering, sehr gering, doch es konnte passieren.

Sie war selbst überrascht, wie ruhig sie innerlich war. Sie fühlte sich auf eine seltsame Art und Weise gut, vom eiskalten Wasser erquickt. Der Schmerz in ihr schien nicht mehr so stark zu sein wie in den letzten Tagen. Sie erreichte den See, niemand war ihr begegnet.

Hier hatte sie, als sie klein war, Schlittschuhlaufen gelernt. Hier war sie im Regen mit Gummistiefeln herumgetapst und hatte im schlammigen Wasser gespielt. Hier im Frühling Kaulquappen gesammelt und in bunten Sandeimern nach Hause getragen. Vergangen und vorbei.

Sie trug das Rad ein Stück weg vom Weg in die Wiese hinein unter einen wilden Kirschbaum, mitten durch die Büsche, die sich zwischen ihr und dem Weg befanden und die Sicht auf sie etwas verdeckten.

Gestern erst hatte sie in einem Rucksack einige Steine, die sie in der Nähe ihrer Wohnung gesammelt hatte, hierher transportiert und zu einem Haufen geschichtet. Sie öffnete den Müllsack und legte vorsichtig einige der Steine hinein. Säuberlich verschnürt bearbeitete sie ihn mit einem Messer und stach kleine Löcher in das Plastik. Anschließend warf sie den Müllsack, so weit sie konnte, in den See hinein und sah zu, wie er mit einem blubbernden Geräusch spurlos versank.

Sie schlitzte die Reifen des Fahrrads auf, entledigte sich ihrer Schuhe und krempelte ihre Jeans so weit es ging nach oben, danach schob sie das Fahrrad ins Wasser und beschwerte es mit den restlichen Steinen.

Keine Spuren ihres Treibens, tauendes Eis, nichts würde bleiben, wenn der Rost das Metall zerfräße.

Trotz nasser Füße zog sie sich die gestreiften Socken und ihre neuen Adidas-Turnschuhe wieder an und begab sich leichtfüßig – sie hüpfte schon fast, so leicht und frei fühlte sie sich – zurück auf den Schotterweg, der rund um den See führte.

Auf dem Weg blieb sie einen Moment stehen, blickte zurück und sah, dass es nichts zu sehen gab. Der blaue Plastikmüllsack war vom trüben Wasser verschlungen worden und auch das verrostete, alte Fahrrad hatte es nicht geschafft, wieder aufzutauchen.

Als sie merkte, dass sich in ihr ein wehmütiges Gefühl auszubreiten begann und sie nun, da sie das letzte Verbindungsglied zu ihm versenkt und vernichtet hatte, nahe daran war zu weinen, drehte sie sich entschlossen um und ging den gewundenen Weg entlang zurück.

Auf diesen Moment nur schien der Himmel gewartet zu haben, er ließ behutsam die ersten Tropfen fallen und öffnete, gerade als sie nicht mehr in der Lage war, ihre Tränen zurückzuhalten, seine Schleusen. Dichter Regen prasselte auf sie herab.

Nach wenigen Minuten war sie vollkommen durchnässt. Sie ließ ihren Tränen schluchzend freien Lauf. Ihr Wimmern wurde stärker und schließlich zu einem lauten Heulen. Während sie Stück um Stück ihrem Zuhause näher kam, weinte und weinte sie, bis sie keine Tränen mehr übrig zu haben schien.

Und während sie sich langsam wieder beruhigte, wusch der Regen ihr Gesicht.

Um sie her roch es nach nasser Erde, die frisch gepflügten Felder schienen ihr genauso nackt und verwundet zu sein, wie sie sich fühlte. Kurz bevor sie an ihrem Ziel ankam, traf sie einen anderen frühmorgendlichen Spaziergänger, der sich unter einem riesigen schwarzen Schirm versteckte und einen ältlichen Dackel spazieren zog.

Sie grüßte. Auch sie war nun nichts anderes mehr als eine tropfnasse Spaziergängerin, während sie in ihrer Hosentasche nach dem Haustürschlüssel kramte. In ihrer Wohnung angekommen begab sie sich sofort ins Badezimmer, stopfte alles, was sie getragen hatte, in die Waschmaschine und stellte sich unter die Dusche. Das warme, fast heiße Wasser tat ihr gut und schien sie von innen zu wärmen. Von draußen klopfte sanft der Regen ans Fenster, tröstete und beruhigte sie.

Das letzte Eis schmolz dahin, die Spuren des Winters und der Vergangenheit verflossen.

Nachdenklich betrachtete sie die Wiese vor ihrem Fenster. Sie freute sich schon auf die ersten Krokusse. Jedes Jahr konnte sie erneut beobachten, wie unter dem Kirschbaum vor ihrem Fenster ein bunter Farbenteppich entstand.

Draußen regnete es noch immer. Das Gras war schwer und nass. Schon konnte man nicht mehr erkennen, ob jemand durch das Gras am See gegangen war. Oder ob der Wind aus Lust am Unfug die Grasbüschel platt gedrückt hatte.

Die Fische im See genossen die Tropfen, die auf die Oberfläche des Sees platschten und wunderten sich kaum über den blauen Müllsack, der nun ihre Heimat mit ihnen teilte.

Yvonne Habenicht
Veras Lachen

Der aufkommende Sturm fuhr in die dunklen Wogen wie ein riesiger Quirl, wirbelte sie herum und ließ weiße Schaumkronen auf ihren Kämmen tanzen. Am Himmel jagten dunkle Wolken, am Horizont zeichnete sich eine blauschwarze Unwetterfront ab. Die kleine Motorjacht tanzte auf dem aufgewühlten Meer und ihr wenig erfahrener Steuermann hatte alle Mühe, sie einigermaßen auf Kurs zu halten.

Hinausgefahren waren sie bei recht gutem Wetter. Sonnenschein, in der Ferne einige Wolken, die sie nicht ernst nahmen. Die Warnungen, es könnte wildes Wetter geben, schlugen sie lachend in den Wind. Bis dahin würden sie längst zurück sein. Es war der vorletzte Urlaubstag und die letzte Gelegenheit, noch einmal eine kleine Tour mit dem Boot von Sigmunds Freund zu machen.

Sigmund sah zum Himmel auf, dann auf das aufgewühlte Meer, dann zu Vera, die sich ängstlich an der Reling festhielt. Sie wäre gern ins Innere des Bootes gegangen, doch sie fürchtete die wenigen Schritte über den heftig auf und nieder schwankenden, nassen Bootsboden.

„Siggi, komm, hilf mir mal in die Kajüte!"

Sigmund kam. Nur einen Augenblick, einen klitzekleinen Augenblick währte es, dass er Veras Beine mit kurzem Ruck anhob. Ein gellender Schrei, den der Sturm zerriss, das Geräusch des ins Wasser klatschenden Körpers. Ihr Kopf tauchte kurz zwischen den Schaumkronen auf, mit aufgerissenem Mund, wie zum Schrei bereit, und klitschnassem, dunklen Haar, das über ihr Gesicht fiel. Einmal, noch einmal, dann war da nur das heftige Wasser.

Vera konnte nicht schwimmen. Er sah zur Uhr, ließ einige Minuten vergehen, rief dann mit erregter, erstickter Stimme die Seenotrettung an.

„Meine Frau, sie ist eben vom Boot gestürzt! Oh Gott, sie kann nicht schwimmen! Schnell, schnell!"

Den Anweisungen folgend gab er seinen ungefähren Ort und Kurs an.

„Aber, ich weiß nicht, wie lange ich das Boot hier halten kann. Ich bin nur Urlaubsschiffer."

Er sorgte schon dafür, dass das Boot weit vom Ort des Geschehens abtrieb. So, Vera, das war's dann. Du machst mir das Leben nicht mehr schwer.

Oh, wie hatte er sie gehasst, in den letzten Jahren. Viel leidenschaftlicher als er sie je geliebt hatte. Wenn sie ihn im Geschäft, ihrem Geschäft, wie sie immer betonte, wie einen dummen Jungen behandelte, sogar vor der Kundschaft. Wenn sie ihm sein Taschengeld zuteilte: „Was brauchst du schon? Du hast ja alles!" Gingen sie aus, machte sie ihn zum Hanswurst, wandte sich augenfällig anderen Männern zu, um ihn am Ende einzusammeln wie einen nutzlosen Gegenstand. Er wusste, sie betrog ihn nach Strich und Faden. Doch er wagte nicht aufzumucken, denn Trennung, das bedeutete für ihn, vor dem Nichts zu stehen. Zig Todesarten wünschte er ihr. Ein Messer im Leib, eine mörderische Krankheit, einen Autounfall, Gift – es blieben Träume.

Bis heute früh. So oder so war er entschlossen gewesen, den während dieses Urlaubs gefassten Plan Wirklichkeit werden zu lassen. Innig hatte er gehofft, die Unkenrufe vom Schlechtwetter würden sich erfüllen. Und dieses Wetter war gekommen und mit dem Wetter seine Chance.

Ein Unfall, ein schrecklicher Unfall. Nicht schnell genug hatte er bei ihr sein können, wo er doch angstvoll bemüht war, das Boot im Griff zu behalten. Zur Reling gestürzt sei er. „Vera! Vera!" Da sei sie schon im Meer verschwunden, nichts mehr von ihr zu sehen. Er hatte doch gleich die Seenotrettung gerufen. Ihr nachspringen ins aufgewühlte Wasser? Unsinnig, ohne Anhaltspunkt, wo man suchen konnte. Nein, sie konnte nicht schwimmen. Sie wollte nie eine Schwimmweste, meinte, sie ertrage das Zeug nicht am Körper.

Sigmund zitterte am ganzen Leib, sprach mit tränenerstickter Stimme, gab sich die Schuld an dem furchtbaren Unfall, weil er nicht auf die Warnungen gehört, das Schiff nicht besser im Griff gehabt hatte. Vergeblich versuchten Richard und die Freunde, ihm klar zu machen, dass er nichts hätte tun können. Er war ein zerbrochener Mann, der allen leid tat.

Tage später wurde Veras aufgedunsene Leiche an Land getrieben. Bei der Beerdigung musste man den verzweifelten Mann stützen. Sigmund erfuhr danach tatkräftige Hilfe von Freunden und Angestellten bei der Führung des exklusiven Möbelgeschäfts. Während der ersten Tage war er so beschäftigt, überzeugend seine Trauerrolle zu spielen, dass kaum andere Gedanken Platz hatten, außer dem einen, dass er nun frei sei, ungebunden, unbevormundet, nie mehr erniedrigt und zurückgesetzt, nicht mehr der Fußabtreter dieser Giftschlange, die seine Frau gewesen war.

Dann aber kamen die Nächte. Mit den Nächten kam Vera. Er sah sie zwischen den tobenden Wogen auftauchen und hörte ihr Lachen: „Du glaubst, ich sei tot? Ich bin da, da, da!"

Er sah sie im Leichenschauhaus liegen. Das aufgedunsene Gesicht, die Haut, widerlich teigig und vom Schlagen gegen viele Steine zerrissen. Wie sie da lag, schlug sie die Augen auf und sah ihn an. Sie kam und legte sich neben ihm ins Bett. Er fühlte die Bewegung des Bettes, ihn streifte ihr Nachthemd, er spürte ihren Atem.

„Tot bin ich? Dass ich nicht lache. Ich werde immer bei dir sein, immer."

Nasses Haar streifte sein Gesicht, Veras Haar. Er roch ihr Parfum. „In guten und in schlechten Zeiten, nicht wahr, mein Guter? Jetzt kommen deine schlechten Zeiten. Ich bin noch lange nicht weg."

Und immer klang ihr klirrendes Lachen durch die Träume. Es schnitt ihm wie ein Messer in den Leib. Er erwachte schweißgebadet und mit Übelkeit, begann die Nächte zu scheuen und zum Tage zu machen. Reihenweise traf er sich mit Leuten, besuchte Nachtvorstellungen von Kinofilmen. Doch irgendwann kam der Schlaf, und mit dem Schlaf kam wieder Vera.

Sie wurde immer unersättlicher. Bald begnügte sie sich nicht mehr mit seinen Träumen. Sie stand auch im Wachen hinter ihm. Er saß am Schreibtisch, und sie tippte ihm plötzlich auf die Schulter. Er sprach mit einem wichtigen Kunden, und auf einmal fuhr ihre Stimme dazwischen: „Du Idiot hast keine Ahnung, hast noch nie zum Geschäft getaugt!" – und brachte ihn gänzlich aus dem Konzept. Sie machte sich neben ihm im Auto breit. „Depp, du konntest noch nie richtig fahren. Taugst nicht für den teuren Wagen." Mit quietschenden Bremsen stand er bei Rot mitten auf einer Kreuzung. Neben der Badewanne stand sie: „Na, wie ist's? Soll ich dich ersäufen, so, wie du mich ersäuft hast?" Er sprang panisch aus der Wanne. Künftig wurde nur noch geduscht.

Sie klopfte ans Schlafzimmerfenster, obwohl es oben in der Mansarde lag. Sie stand hinter diesem Fenster, das nasse Haar fiel ihr ins wachsbleiche Gesicht: „Na, fürchtest du den Schlaf? Hast Angst vor mir? So ist's richtig."

Er ließ die Rollos herunter. Da war sie im Zimmer:

„Mich wirst du nicht los. Nie!" Und sie lachte, so, wie sie ihn zu ihren Lebzeiten verlacht hatte.

Kein Besucher, nicht Arbeit, keine Ausflüge oder Wochenendreisen vertrieben sie. Sie war bald so ausdauernd an seiner Seite, wie sie es früher nie gewesen war. Sie ließ ihn stolpern, wenn er Gästen Getränke bringen wollte, sie griff ihm ins Steuer und er fuhr bei übersichtlichem Verkehr einem anderen eine Beule ins Auto; sie schlug ihm ihr nasses Haar ins Gesicht, so dass er die Arbeiten, die er sich mit heimgenommen hatte, nicht sehen konnte. Sie stieß gegen den Teekessel, und er verbrühte sich die Hand. Bald munkelte man im Geschäft, dass der Chef gar nichts mehr im Griff habe. Seine Angestellten waren, kaum, dass er den Laden verließ, vollauf beschäftigt, wenigstens notdürftig auszubügeln, was er angerichtet hatte. Er vertrieb gute Kunden mit falschen Auskünften, brach Gespräche mit diffusen Ausreden ab, nannte falsche Preise und Lieferzeiten.

Freund Richard kam und riet ihm, einen Arzt aufzusuchen. Davon wollte Sigmund nichts wissen. Welcher Arzt hätte ihn von der Wirklichkeit befreien können? Er war ein Mörder, ein perfekter Mörder. Doch, wer und was konnte Vera aus seinem Leben vertreiben? Ich muss sie loswerden, dachte er, ich muss darüber reden können. Was er nie für möglich gehalten hätte: Er ging zur Beichte. Was er dort auch sagte, der Priester würde schweigen müssen. Er glaubte, einmal ausgesprochen, könne der Spuk ein Ende nehmen. Doch kaum begann er mit dem im Beichtstuhl verborgenen Priester zu reden, da lachte und lachte sie hinter ihm: „Na, du Feigling, glaubst du mich so loszuwerden, mich und deine Schuld? Nie!"

Fluchtartig verließ er die Kirche. Da stand er im gleißenden Sonnenlicht und um ihn war Vera, sie war überall. Vor ihm, hinter ihm, rechts und links. Ihr Gesicht tauchte zwischen den fahrenden Autos auf, über den Häuserdächern, in den Baumkronen, wuchs mit aufgerissenem Mund und nassem Haar aus dem Straßenpflaster. Wohin er auch lief, sie blieb. Wie schnell er auch lief, sie war schneller, tauchte vor ihm auf und lachte ihm ins Gesicht. Klirrend, böse, hämisch lachte sie. Es hämmerte in seinem Kopf, dieses Lachen. Es füllte ihn ganz und gar aus. Es würde nie aufhören.

Sigmund lief durch die Stadt, ohne Ziel und Sinn. Sie blieb an seiner Seite. Im Haus war es noch schlimmer. Sie war in allen Zimmern gleichzeitig, wohin er auch ging, Vera war schon da. Er holte den Wagen aus der Garage. Sie saß schon auf dem Beifahrersitz. Nass, wabbelig, käsig weiß, aber mit diesem Lachen.

Als Sigmund vier Wochen später das Krankenhaus verließ, so nur, um direkt in die Untersuchungshaft zu wechseln. Er hatte einen Auffahrunfall mit mehreren Schwerverletzten verschuldet, und er wurde beschuldigt, dies durch absichtliches Abdrängen eines Wagens verursacht zu haben. Bei der Gerichtsverhandlung begegnete er Vera zum letzten Mal. Sie stand mit siegessicherem Grinsen hinter der Richterin.

Nach allen bisherigen Ergebnissen der Vorvernehmungen konnte sich der Angeklagte an keine Sekunde des Geschehens erinnern. Medizinische Gutachter waren schon bestellt. Mit Recht wurde bereits jetzt davon ausgegangen, es würde hier auf verminderte Schuldfähigkeit hinauslaufen, wenn nicht gar auf Unschuld.

Dann sorgte Sigmund für allgemeine Verwunderung. Er, der sich nicht an den verhandelten Hergang erinnern konnte, wollte plötzlich ein Geständnis ablegen. Aller Blicke waren mit Spannung auf ihn gerichtet, als er mit leisen Worten zu sprechen begann: „Ich dachte, es sei der perfekte Mord. Bestimmt war er es sogar. Aber ich bin nicht der perfekte Mörder, weil ich so nicht weiterleben kann. Nicht mit Veras Lachen."

Heinrich Beindorf
Zeitspringer

Die Glatzen kamen vor Tagesanbruch und erwischten sie vor dem Eingang zur Tiefgarage. Sie mussten ausgekundschaftet haben, dass die Frau an Dienstagen – jeden zweiten Dienstag, um genau zu sein – allein zum Flughafen aufbrach, einer Redaktionskonferenz in Berlin wegen. Also Vorsatz, dachte Herterich, immerhin.

Julia hatte keine Chance. An ihrer Leiche fand man Holzsplitter, offenbar von der Tatwaffe, einem Knüppel vielleicht. Herterich tippte auf Baseballschläger. Sie lag auf dem Beton vor der Feuerschutztür, das Gesicht dem Boden zugewandt, die leere Handtasche außer Reichweite. Ein Zeuge hatte drei kahlrasierte junge Männer in Jeans beobachtet, die an der Einfahrt herumgelungert hatten, aber keine Gesichter, keine Details – es war zu dunkel, und seine Tour wartete nicht. Es musste kurz vor sechs gewesen sein, sagte der Zeuge, ein Zeitungsbote. „Kurz vor sechs", das meinte der Pathologe auch.

Gefunden hatten sie die Leute aus der Wohnanlage, die zwei Stunden später nahezu gleichzeitig ins Büro fuhren. Von der Tat selbst hatte jedoch niemand etwas gesehen oder gehört. An der Wand des Treppenabgangs stand ein Runenzeichen gesprüht, doch noch war nicht klar, seit wann.

Genau was ihm fehlte, seufzte Herterich.

Die Anrufe aus den Redaktionen setzten ein, bevor er vom Tatort zurück war. Das Gequassel hätte für einen separaten Anschluss gereicht, dachte er, was taten die eigentlich in der Pressestelle? Aber in der Zeitung stand es erst am nächsten Tag.

Rachemord an TV-Journalistin?

Eine Frau, die sich eingemischt hatte. Investigativer Journalismus im rechtsradikalen Milieu war nichts für Ängstliche oder Ehrgeizige, aber seltsamerweise war diese Art der „Aufklärung" ihre Leidenschaft gewesen. Niemand

141

hatte sich dort so gut – so gefährlich gut – ausgekannt wie Julia. Nicht selten hatte sie nach einer ihrer Sendungen Polizeischutz gebraucht, da hatte er geholfen, wo es ging. Dafür hatte sie ihm ab und zu Tipps gegeben. Herterich hatte sie davor gewarnt, sich allzu voraussehbare Tagesabläufe zuzulegen. Ihr ein Tränengas empfohlen, sie die Rufnummer wechseln lassen, ihre Adresse auf die Streifenpläne gesetzt. Es hatte nicht gereicht.

Zum Glück lag ihre letzte Recherche schon im Studio, wo man der Polizei gern behilflich war. Es ging um die rechte Szene in der Weststadt. Um einen neuen Rädelsführer, der Leute um sich sammelte und im Internet zu Handlungen aufrief. Golo mit Namen.

Herterich ließ es sich nicht nehmen, die vorläufige Festnahme selbst durchzuführen. Drei kahlgeschorene junge Männer in Jeans, die sich in einem Wäldchen in der Nähe eines Hochhaus' um ein Lagerfeuer lümmelten. Sie hatten Flaschenbier bei sich.

Aber sie waren nicht bewaffnet und leisteten keinen Widerstand, wenn man einmal von dem Grinsen absah, das ihm verriet, was sie mit ihm machen würden, wenn sich die Gelegenheit böte. Vielleicht böte sie sich ja bald, sagte das Grinsen. Einer bestand darauf, sein Bier auszutrinken, das sei sein Recht.

Ratten, dachte Herterich.

Doch sie hatten ein Alibi.

Es saß bombenfest. Eine Pokerpartie im Hinterzimmer eines Kiosks, der einem Mann namens Illstein gehörte. Der war vorbestraft und ebenfalls aus der Szene, aber alles andere hätte auch nur verwundert, dachte Herterich. Sie seien zu viert gewesen. Hätten am Montagabend angefangen, ein paar Blatt zu spielen, so gegen zehn. Dann habe es sie nicht mehr losgelassen und sie hätten die ganze Nacht weitergespielt. Anfangs hätte lllstein gewonnen und Bier spendiert, danach sei es richtig gut gelaufen. Bis morgens gegen acht, dann seien sie müde geworden und der Hesse und sein Bruder seien pleite gewesen. Ein schöner Abend.

Zeugen?

Um sechs Uhr früh sei Illsteins Frau mit der Tochter gekommen, um Brötchen zu belegen, für den Verkauf. Kurz danach sei ein Tabaklieferant dagewesen, dann sei Illstein kurz nach vorn gegangen, um zu unterschreiben.

Ob jemand von ihnen den Kiosk verlassen habe, fragte Herterich.

Der Hesse sei mal rausgegangen. Zu seinem Motorrad. Er sei schon klamm gewesen und habe einen MP3-Player setzen wollen, den er in der Satteltasche hatte. Auf einen Straight Flush.

„Sonst hielten Sie sich die ganze Zeit in dem Raum auf?"

„Ja."

„Die ganzen zehn Stunden lang?"

„Außer zum Pissen, Chef", grinste der eine.

Herterich vernahm sie einzeln, wieder und wieder, fast eine Woche lang. Wann wer gekommen sei? Wer wie viele Asse gehabt habe und wann? Welches Bier sie getrunken und worüber sie gelacht hätten? Wann die Frau mit dem Kind und wann dieser Lieferant gekommen sei? Wie lange der Hesse draußen geblieben sei?

Doch es stimmte alles. Es gab keine Lücke. Sie spürten es, und auch Herterich spürte es. Es ist nicht gut für einen Polizisten, wenn du nervöser wirst, als der Typ, der dir siegesgewiss gegenübersitzt. Aber den rief man auch nicht dauernd aus dem Ministerium an, dachte Herterich. Er wurde den Eindruck nicht los, dass er etwas vergessen hatte.

Er ließ noch einmal diesen Illstein und seine Frau kommen.

„Was ist in dieser Nacht wirklich gelaufen?"

„Poker", sagte Illstein. „Eine Wahnsinnspartie."

Erst habe er gewonnen und dann wollten die anderen Revanche und dann ...

Ob sonst noch jemand dagewesen sei?

Seine Frau. Die sei gekommen, um Brötchen zu belegen, so gegen sechs. Mit Buletten von zu Hause. Sie habe die Kleine dabei gehabt.

Ob jemand seinen Kiosk verlassen hätte?

Dieser Hesse, der sei mal rausgegangen, zu seiner Maschine. Kurz nach fünf, um etwas zu holen. Aber nicht für lange.

Sonst könne das alles niemand bestätigen?, fragte Herterich. „Jemand von draußen? Ein Passant vielleicht? Ein Kunde?"

Illstein lachte.

„Um die Zeit?" In den Häusern rundum gab es niemanden, der Arbeit hatte. Außer ein paar Frauen, die putzen gingen – und selbst die kamen nicht vor sieben. Im Sommer sei es etwas anderes. Er mache aus Gewohnheit so früh auf. Wenn er etwas zu sagen hätte, sähe das alles ganz anders aus.

Ob jemand in dem Kiosk gewesen sei, als sie mit ihrer Mama kam, fragte Herterich auch die Kleine.

„Na, die Männer", sagte Illsteins Tochter. „Der Golo. Und seine Freunde."

Was die gemacht hätten?

„Karten gespielt. Und gebrüllt."

„Frau Illstein", sagte Herterich, „was Sie uns da erzählen, ist doch alles gelogen. Aber Mord ist kein Kavaliersdelikt. Sagen Sie mir, wie es wirklich war. Der Kleinen zuliebe."

„Was glauben Sie denn?", erwiderte die Frau trotzig. „Sie hätten sehen sollen, wie sie über meine Buletten hergefallen sind!"

„Verdammt", schrie Herterich, „Ihr habt diese arme Frau totgeschlagen und Ihr wisst es und ich weiß es auch."

Golo starrte ihn spöttisch an. Als er den Kopf wandte, um den Blick aus dem Fenster zu richten, blitzte am Nacken in seinem Hemdausschnitt die Spitze des tätowierten Reichsadlers auf, der, wie Herterich wusste, fast den gesamten Rücken bedeckte. Herterich verstand es als die Provokation, die es war.

„Es tut mir nicht leid", sagte Golo schließlich. „Um die Schnepfe. Dass die ihren Teil gekriegt hat. Aber uns hängst du das nicht an, Meister."

Der Haftrichter war nicht beeindruckt.

Die Gegenüberstellung mit dem Zeitungsboten vom Tatort hatte nichts ergeben. Der Mann, der die Tabakwaren geliefert hatte, bestätigte, dass ihm Illstein den Empfang quittiert habe, aber sonst habe er niemanden gesehen. Es sei ja stockdunkel gewesen. Und er habe es eilig gehabt.

An den Holzsplittern aus der Leiche fanden sich keine Hinweise, wenn man von Blut und Haar des Opfers absah. Von der Tatwaffe keine Spur. Das Runenzeichen an der Garagenwand prangte dort, wie sich herausstellte, seit einem Jahr.

Herterich war sicher, dass er die richtigen Leute hatte. Ihn fröstelte, wenn er daran dachte, was mit ihm passieren würde, falls es ihm nicht gelingen sollte, sie zu überführen. Er hob den Hörer ab, als das Telefon einen seltenen Moment lang schwieg, und ließ sich mit dem polizeipsychologischen Dienst verbinden. Sie hatten dort doch diese junge Mitarbeiterin – wie hieß die noch?

Irgendwann, glaubte Claudia, hast du alles gesehen. Neurotiker und Depressive und Leute ohne Hemmschwelle und solche, denen Geld alles ersetzte. Außenseiter, die das Internet mit dem Leben und das Leben mit Kino verwechselten oder einfach zu arm waren oder zu klug für die Möglichkeiten, die sie besaßen. Aber nichts hatte sie auf diese ausdruckslosen Visagen vorbereitet, die unsägliche verbohrte Süffisanz. Wenn sie etwas deprimieren konnte, dann waren es Menschen, denen nicht zu helfen war.

Ein junger Beamter führte das Verhör, während Herterich eine Pressekonferenz absaß. Sie solle abwechselnd an den Gesprächen teilnehmen, hatte er gesagt. Beobachten, was sie könne. Ein Profil erstellen, schon im Hinblick auf ein mögliches Verfahren. Das mögliche Verfahren erfüllte Herterich mit Furcht, wie sie erkannte.

„Also noch mal von vorn. Sie haben was getan?"

„Poker gespielt", sagte Golo. „Zu dritt. In dem Kiosk. Die ganze Nacht."

Das hätte er jetzt schon tausend Mal erzählt.

Er blinzelte Claudia zu.

„Und ab wann?"

„Seit kurz vor zehn am Vorabend, ungefähr."

Er sei ja als erster dagewesen.

„Und dann?"

Dann sei der Hesse mit seinem Bruder gekommen. Um ein paar Bier zu ziehen. Die hätten ein Spiel dabeigehabt.

Wann sei die Frau Illstein eingetroffen?

„So gegen sechs", sagte der Hesse.

Was sie angehabt habe?

„Na so 'n schwarzen Pulli", erwiderte der Mann.

„Mit 'ner Sonne drauf", ergänzte sein Bruder.

Claudia machte sich Notizen. Ihr Freund lebte in der Gegend. Wahrscheinlich war sie an dem Kiosk schon gewesen oder vorbeigefahren. Sie waren jetzt überall, durchfuhr es sie.

Und was die Frau Illstein getan hätte?

„Die Buletten ausgepackt und in eine Schüssel gelegt", sagte Golo.

„Eine blaue."

Dann hätte sie vorn die Brötchen belegt. Wie oft er das noch erzählen solle?

Von welcher Farbe die Schüssel gewesen sei, fragte der junge Beamte den Mann, den sie den Hessen nannten.

„Na, so blau."

Und wann er hinausgegangen sei, zu seiner Maschine?

„Kurz nach fünf", erwiderte sein Bruder.

„War noch keine halb sechs", sagte Illstein. „Da habe ich auf die Uhr gesehen und gedacht, hoffentlich kommt die bald mit dem Essen."

Claudia dachte an diese tote Frau. An ein Hochhaus, vor dem ein Kiosk stand. Ein Kiosk mit einem Hinterzimmer. Es war stockdunkel. Diese Journalistin verließ ihre Wohnung, mit ihrer Handtasche, in der sich, außer weiblichen Utensilien, vielleicht Papiere befunden hatten. Sie war auf dem Weg in die Tiefgarage. Um zu einem Flughafen zu fahren.

Tiefgaragen waren der Horror jeder Frau. Claudia hatte selbst am letzten Montag in einer festgesessen, weil das Gitter nicht hochgefahren war, als sie unten davorstand. Das Licht blinkte, aber es tat sich nichts. Nur das Echo des kalten Motors erfüllte die riesige frostige Halle, wo sie es doch so eilig hatte. Sie hatte sich entsetzlich in der Falle gefühlt.

„Stromausfall", hatte ihr Freund gesagt. „Hättest du den Hausmeister angerufen. Es geht auch von Hand."

Aber da war sie schon zu Fuß zum Bus gelaufen, hatte den Zug dennoch verpasst. Claudia erinnerte sich, wie sie zu spät ins Büro gekommen war. An die Gesichter in der Sitzung. Montag war das gewesen.

Nein, Dienstag.

Und dann wusste sie es plötzlich.

Sie erreichte Herterich, trotz seines abgeschalteten Handys, über seine Frau auf einer Kegelbahn. Sie erklärte es ihm atemlos.

„Der Dienstag, an dem der Mord an dieser Julia geschah", sagte sie. „Was sie uns dort erzählt haben – die ganze Pokerpartie, die Einzelheiten, es stimmte alles. Nur, dass das eben der falsche Tag war. Verstehen Sie? Ich bin mir absolut sicher!"

In der Leitung herrschte Schweigen. Sie hoffte, dass es davon zeugte, dass Herterich begriff.

„Sehen Sie, was ich meine? Deshalb die passenden Aussagen, die nahtlose Stimmigkeit. Was sie uns erzählt haben, war in Wirklichkeit einen Tag zuvor gelaufen, das komplette Alibi. Die Pokerpartie, die belegten Brötchen. Sie hatten in der Nacht von Sonntag auf Montag gespielt. Und sich jedes Detail gemerkt. Am Dienstag früh brachten sie diese Julia um und erzählten uns ihren Tagesablauf vom Vortag ..."

„Und die Illsteins?", krächzte es aus dem Gerät.

„Die haben mitgemacht", sagte Julia. „Aus Angst. Wie sagten sie so schön? Es ist ja kein Kavaliersdelikt. Und auch nicht schwer, sich im Tag zu vertun, so ganz absichtlich. Wenn man sich das nur lange genug einredet ..."

147

Leute, die sich etwas einredeten, waren ihr Beruf.

„Aber Beweise?", sagte Herterich.

„Gestört hat mich von Anfang an, dass in dem Alibi kein einziger echter Außenstehender vorkam", sagte Claudia. „Aber dann fiel mir der Stromausfall ein. Am Dienstag gab es eine Panne in einer Umspannstation am Stadion, an dem die halbe Weststadt hängt – mein Freund lebt dort. Es dauerte von fünf Uhr zweiundfünfzig bis sechs Uhr achtzehn, bis das Licht wieder anging. Ich selbst steckte dort in der Tiefgarage fest. Unsere Verdächtigen müssten in dem Kiosk eine gute halbe Stunde ohne Licht gesessen haben. Wenn sie dagewesen wären. Und dann hätten sie uns das mit Sicherheit erzählt. Aber sie waren eben nicht da."

„Der Tabaklieferant", hörte sie Herterich sagen. „Dem kam alles so dunkel vor."

„Ja", erwiderte Claudia. „Dieser Illstein war allein in seinem Kiosk, ohne Strom. Unsere Killer waren um die Zeit auf dem Rückweg vom Tatort. Vermutlich war keine Zeit, sich abzustimmen. Sich etwas wegen dieses Stromausfalls auszudenken. Oder Illstein war einfach zu blöd, sie darauf aufmerksam zu machen. Und das Kind zu verwirren, war sicher nicht schwer."

„Ihr Anwalt wird behaupten, sie hätten sich bloß im Datum geirrt."

„Die Tatwaffe", sagte Claudia. „die braucht ihr natürlich. Sie dürften versucht haben, sie zu verbrennen. Oder zu vergraben. Solche Leute glauben an Feuer und Erde. Und zwischen dem Mord an der Journalistin und der Festnahme war nicht viel Zeit. Irgendwo müssen die ein Feuer gemacht haben, in dem sich, wenn nicht Reste dieser Baseballschläger, so doch Spuren des Handtascheninhalts finden lassen müssen. Reste von Kreditkarten, einem Portemonnaie, Papieren. Gibt es da ein Gebüsch oder Wäldchen zwischen dem Tatort und dem Kiosk? Ein Abrissgrundstück vielleicht?"

Die Einsicht in sein Versäumnis traf Herterich wie eine Schockwelle. Zum Glück sah sie das nicht, dachte er. Aber irgendjemand würde schon dahinter kommen und dann würde es wieder Anrufe hageln. Aber noch war es nicht so weit.

„Gibt es", sagte er knapp. „Zwischen dem Hochhaus und dem Bahndamm. Schlecht einsehbar wegen einer Schallschutzwand. Wir haben sie dort festgenommen. Sie saßen um ein Feuer."

„Dort wird es sein", sagte Julia.

Fast eine Woche war vergangen, als Herterich Claudia wieder in der Eingangshalle des Präsidiums traf. Es hatte alles gestimmt. Die Reste des Lagerfeuers hatten enthalten, was er brauchte. Unter den erdrückenden Beweisen hatten dieser Illstein und seine Frau schließlich alles zugegeben. Eine ungeheure Erleichterung erfüllte Herterich in diesen Tagen, wie die Aussicht auf einen sehr langen Urlaub. Die Schlagzeilen waren nicht kleiner geworden, doch es war darin zumindest nicht mehr nur von der Polizei die Rede. Irgendwo anders würde jetzt das Telefon heißlaufen.

„Wir haben Glück gehabt", stellte er fest.

Claudia schwieg. Sie mochte ihn, auch wenn er vielleicht keiner von den Besten war. Trotzdem, sie fühlte ihre Arbeit nicht gewürdigt – wie so oft. Und Glück gehörte zu den Dingen, an die sie nicht glaubte. Es ereigneten sich Umstände und man interpretierte sie. Das war ihr Beruf.

Wenn man es genau nahm, war es auch der Beruf dieser toten Journalistin gewesen.

„Haben Sie Lust", fragte Herterich leutselig, im Geiste schon ganz Privatmann, seit er die Bürotür hinter sich zugezogen hatte, „mal mit zum Kegeln zu kommen? Sind 'n paar nette Jungs dabei. Wir spielen jeden Dienstag. Was sagen Sie? Heute Abend?"

Claudia sah ihn an.

„Heute ist Montag", antwortete sie.

„Stimmt", gab Herterich zerknirscht zu. „Verdammt, wie man sich mit den Wochentagen täuschen kann."

Heiger Ostertag
Anderswo

Die Frau war in sein Büro gekommen. Melcher hatte sie zuerst für eine Türkin gehalten. Das Kopftuch, der weite Mantel, der ihre Gestalt unförmlich werden ließ. Dazu eine große Sonnenbrille, die ihr Gesicht verdeckte. Die Brille passte nicht. Also keine Türkin, auch nicht von der Sprache.

Die Frau war gleich zu Sache gekommen. Sie habe eine Freundin, meinte sie mit einem unmerklichen Zögern in der Stimme, die nicht immer das Richtige tue. Oft in Schwierigkeiten gerate, geradezu gefährdet sei. Kurz und gut, sie wolle, dass Melcher diese Freundin eine Weile, ein oder zwei Wochen, beschatte. Jeden ihrer Schritte festhalte, rund um die Uhr. Jeden Tag so lange an ihren Fersen bleibe, bis er sicher sei, dass jene Freundin schlafe und nichts mehr passieren könne. Das ginge doch, oder?

Die Frau warf ein Couvert auf den Tisch. Melcher hatte ihr schweigend zugehört. Er öffnete das Couvert. Innen waren Bilder und ein Bündel Geldscheine. Es waren großformatige Farbfotografien, die eine sehr blonde, junge Frau zeigten. Eine Frau mit einem eindrücklichen Gesicht, tiefblauen Augen und einem kleinen Leberfleck am Kinn. Ein schönes Gesicht, reizvoll, ein wenig geheimnisvoll, jedenfalls anziehend. Während er die Bilder betrachtete spielte die Frau nervös mit einem Bleistift. „Reicht das Geld fürs Erste?" Melcher blätterte das Bündel kurz durch, 2.500 . „Spesen kommen dazu", antwortete er kurz.

„Gut. Ich rufe Sie in zwei Wochen an und mache einen Termin aus, an dem Sie mir einen vollständigen Bericht geben." Die Besucherin stand auf und ging zur Tür. „Sie sollten mir noch den Namen Ihrer Freundin mitteilen."

„Lesen Sie keine Zeitung?", gab die Unbekannte zur Antwort und verließ Melchers Büro.

Melcher löschte das Licht, trat zum Fenster und spähte nach unten. Kurz darauf kam die Kopftuchfrau aus dem Haus. Eine dunkle Limousine fuhr vor. Die Frau öffnete die Tür und der Wagen verschwand in der Nacht. Das Kennzeichen hatte er nicht erkennen können.

Er drehte das Licht wieder an. Sein Blick fiel auf den Boden. Dort neben dem Schreibtisch, dort wo die Frau gesessen hatte, lag ein Zettel. Melcher hob ihn auf und betrachtete das Blatt. Es waren die üblichen Kritzeleien, die man aus Langeweile anfertigt. Drei ineinander laufende Spiralen. Nach kurzem Überlegen legte er den Zettel in eine Schreibtischschublade.

Am nächsten Morgen entdeckte Melcher tatsächlich das Bild der Blonden in der Zeitung. Es zierte den Bericht eines Galaabends. Frau Melanie Sandner, die Frau des bekannten Industriellen Konsul Sandner, hatte einen Benefizabend zu Gunsten von UNICEF eröffnet.

Die Sandners wohnten, wie Melcher feststellte, natürlich in einer besseren Wohngegend der Stadt. Im Heuviertel an der Wallshöhe. Genauer in der von Bredowstraße 13. Melcher begann seine Arbeit.

Laternen verbreiteten ein eher unsicheres Licht. Gelblich, fade, ohne Kraft. Nebel kroch vom Fluss herauf. Kalte, böse Fäden, die graue Feuchtigkeit hinter sich herzogen.

Melcher stand im Schatten einer Toreinfahrt und fröstelte in seinem dünnen Mantel. Wie lang er schon hier stand, wusste er nicht. Eine Stunde oder mehr. Die Zeit schien ihm abhanden gekommen. Er war müde und er fror. Den ganzen Tag war er ihr gefolgt. Seit dem Morgen. Kurz nach neun Uhr war sie aus dem Haus gegangen. Besuchte zuerst einen Friseur. Er wartete im Café gegenüber. Wartete geschlagene drei Stunden. Hatte es ohne Zigarette aushalten müssen. Rauchen durfte man ja nicht mehr. Auch jetzt verkniff er sich den Wunsch, eine Zigarette anzuzünden. Eine Zigarette – da konnte er gleich laut „hier" schreien. Nicht das Licht, der Rauch würde ihn verraten. Diese Kälte.

Im Café war es wenigstens warm gewesen. Die Stunden im Café. Es war weit über Mittag, als Melanie Sandner endlich aus dem Friseurgeschäft kam. Mit neuer Haarfarbe –

151

erst auf den zweiten Blick hatte er sie erkannt. Ein dunkles Rot, Geschmackssache, ihm gefiel es nicht. Wenigstens ging es weiter. Ein Laden nach dem anderen. Melcher folgte ihr durch eine Vielzahl von Kaufhäusern und Modegeschäften. Das lief schon den dritten Tag so. Dass Frauen diese Ausdauer hatten, erstaunlich.

Weiter folgte Melcher ihr durch die Straßen. Stunden vergingen, die Energie der Frau schien nicht zu erschöpfen. Ein Schuhladen, eine Buchhandlung, ein Teegeschäft, ein weiterer Schuhladen, ein dritter. Schaufenster an Schaufenster. Es wurde Abend, Lichter leuchteten den Weg aus, er hielt sich, so gut es ihm möglich war, im Schatten.

Frau Sandner trat in ein Restaurant. Er folgte, setzte sich in eine Ecke knapp am Rande ihres Blickfeldes. Eine Freundin schien auf sie gewartet zu haben. Sie umarmte die andere und begann sofort auf sie einzureden. Die beiden vertieften sich in ihre Unterhaltung und achteten nicht auf die übrigen Gäste. Ein Kellner kam und nahm ihre Bestellung auf. Brachte kurz darauf die Getränke und später eine Gemüseplatte und zwei Teller. Die beiden Frauen redeten, nippten an ihren Getränken und aßen von dem Gemüse. Die Frau, die gewartet hatte, sah der, welcher Melcher folgte, ziemlich ähnlich. Ihr Haar schien ihm allerdings in einem noch dunkleren Rotton zu schimmern. Doch mochte Melcher das Licht täuschen. Ihr blaues Kostüm jedenfalls ähnelte ebenfalls dem der anderen. Einmal ging die zweite Frau kurz hinaus. Bei ihrem Vorübergehen gelang es ihm einen unauffälligen Blick auf ihr Gesicht zu werfen. Stark konturierte Augen, volle Lippen und ein Lächeln, das einem verrückt machen konnte. Nicht einzuordnen, eigenartig und hintergründig. Und – auch in der Gestalt – Frau Sandner sehr ähnlich. Melcher schoss unauffällig zwei, drei Fotos, lehnte sich dann zurück.

Die Zeit verging quälend langsam. Zwei endlose Stunden saß er da und wartete. Endlich stand die erste Frau auf und lief ebenfalls nach hinten zum Toilettenraum. Die andere zahlte. Melcher nutzte den Augenblick, legte einen Schein auf den Tisch und eilte hinaus. Er bezog einen Posten gegenüber. Die Ähnlichkeit der Frauen schien ihm auffällig. Ob Frau Sandner deswegen ihre Haare gefärbt hatte? Melcher wusste es nicht, es war ihm auch gleichgültig. Es ging nicht um ihre Freundin; sein Auftrag lautete, Melanie Sandner zu beschatten und jeden ihrer Schritte festzuhalten, rund um die Uhr – halt, da war sie wieder. Drüben verließ Frau Sandner das Lokal. Sie schritt rascher aus. Trug jetzt einen Mantel, einen hellen Mantel. Sie blieb kurz unter einer Laterne stehen und blickte sich suchend um, als ob sie auf etwas wartete. Melcher verschmolz mit den Schatten der Nacht. Die Frau zuckte mit den Achseln und lief weiter; sie hatte ihn nicht bemerkt. Zwei, drei Straßen liefen sie. Dann stand die Frau vor einem hohen Haus. Sie holte aus ihrer Tasche einen Schlüssel, öffnete und trat hinein. Sofort war der Verfolger an der Tür, verhinderte mit seinem Fuß, dass diese zuschlug. Wartete eine Minute. Glitt vorsichtig hinein. Das Treppenhauslicht erlosch. Zwei Stockwerke höher schloss eine Tür. Ohne einen Laut stieg er langsam nach oben. Drei Treppen, noch eine, Melcher erreichte die zweite Etage.

Das Licht leuchtete auf, unten wurde die Tür geöffnet, Stimmen wurden laut. Schritte stiegen die Stufen nach oben. Melcher blickte sich rasch um. Zwei Eingangstüren führten jeweils nach links und nach rechts. Durch die matte Scheibenglasfront der linken ließ sich Licht erkennen. Er wandte sich zur Tür der anderen Seite. Er griff in die Tasche, zog einen gebogenen Draht hervor und öffnete mit einer routinierten Bewegung das Schloss. Sacht drückte er die Tür auf. Er verharrte in der Bewegung und lauschte. Die Schritte von unten erreichten die erste Etage und stiegen weiter hinauf. Melcher wartete nicht länger und verschwand im Innern der Wohnung. Drinnen war es dunkel und still. Auf gut Glück schlüpfte er in das gleich links neben dem Eingang gelegene Zimmer. Es war ein schmaler Raum, dessen hohes Fenster zur Straße hinausging. Er trat ans Fenster, öffnete es und spähte vorsichtig hinunter.

Ein flacher Sims zog sich an der Fassade des Hauses unter den Fenster der Vorderseite entlang. Ein Geräusch ließ ihn zusammenfahren. Jemand hatte die Wohnungstür geöffnet und kam herein. Auf dem Gang wurde das Licht eingeschaltet. Ohne lange zu zögern kletterte Melcher hinaus auf den Sims und zog das Fenster hinter sich zu. Eng mit dem Rücken an die Mauer gepresst bewegte er sich langsam zu den Fenstern der Nebenwohnung.

Nach endlosen Minuten erreichte er das erste Fenster. Vorsichtig bewegte er den Kopf und spähte ins Innere. Er zuckte zurück. Drinnen stand die Frau, der er die ganze Zeit gefolgt war, und blickte hinaus. Sie schien ihn aber nicht wahrgenommen zu haben oder wurde durch etwas anderes abgelenkt. Frau Sandner drehte sich um und sprach laut zu jemandem, den er aus seinem Blickwinkel nicht erkennen konnte. Melcher beugte sich vorsichtig vor, um besser sehen zu können. Da rutschte sein rechter Fuß auf dem schmalen Sims ab. Gerade konnte Melcher sich an einem seitlichen Regenrohr halten, sonst wäre er zwei Stockwerke in die Tiefe gestürzt. Nach einer bangen Minute gelang es ihm, seinen Stand auszubalancieren und er blickte erneut in den Raum. Melanie Sandner saß jetzt regungslos auf einem Sofa und schien auf etwas oder jemanden zu warten. Dann kam ein Mann ins Zimmer, Melcher sah kurz sein Gesicht, kannte ihn aber nicht. Jedenfalls war es nicht Konsul Sandner, Melanie Sandners Ehemann. Der Mann umarmte die Frau und küsste sie leidenschaftlich. Melcher schoss rasch ein weiteres Foto. Schließlich erhob sich das Pärchen und verließ den Raum. Melcher machte sich vorsichtig auf den Rückweg. Er hatte genug gesehen. Unten schaute er auf die Uhr. Kurz vor elf, ganz gleich, was noch passieren würde, es reichte ihm für heute.

Die vierzehn Tage waren vorüber, die Beschattung abgeschlossen und dokumentiert. Der Bericht geschrieben. Doch Melchers Auftraggeberin meldete sich nicht. Dafür entdeckte er in der Tageszeitung einen weiteren Beitrag über Melanie

Sandner. „Unter Mordanklage" hieß die Überschrift und ein etwas reißerisch geschriebener Artikel informierte die Leser, dass am Abend des dritten des Monats gegen 22:30 Uhr Konsul Sandner erschossen worden sei. Der Verdacht richte sich gegen seine Frau Melanie, die am gleichen Tag einen heftigen Streit mit ihrem Mann gehabt habe und für die Tatzeit kein Alibi angeben könne. Frau Sandner behaupte zwar, sich nicht im Hause in der von Bredowstraße aufgehalten zu haben. Sie wolle aber nicht sagen, wo sie gewesen sei und wer das bezeugen könne. Mit der Frage, „Wer erbt die Millionen?" endete der Artikel. Melcher schüttelte den Kopf. Eine eigenartige Geschichte. Die Frau war definitiv „anderswo" gewesen, sie hatte ein Alibi! Warum Frau Sandner ihr Treffen geheim halten wollte? Ein Seitensprung stand dahinter, zweifelsohne. Dass sie dies nicht an die große Glocke hängen wollte, war verständlich. Doch war dies Verhalten bei einer Mordanklage angebracht? Und Konsul Sandner war eindeutig tot.

Der Frau konnte jedenfalls geholfen werden. Melcher griff zum Telefon.

Einen Monat später döste Melcher in einem Liegestuhl und schaute auf das blaue Meer des indischen Ozeans. Seine Aussage, die er mit Bildern und genauen Angaben stützen konnte, hatte Melanie Sandner entscheidend entlastet. Wer die Tat wirklich begangen hatte, blieb allerdings offen. Frau Sandner indes hatte für seine Hilfe und für die Fotos gehörig etwas springen lassen. Verständlich, Melcher hatte sie vor der Anklage gerettet und war diskret geblieben. Soweit schien alles in Ordnung zu sein. Nur jene Freundin, von der er ihr berichtete, die ihm den Beschattungsauftrag gegeben hatte, wollte sie nicht kennen und konnte natürlich auch keinen Namen nennen. Und gemeldet hatte sich die Frau auch nicht mehr.

Seltsam, wer hatte ihm bloß den Auftrag gegeben?

Melchers Blick glitt übers Meer. Eigentlich hatte er völlig anderswo hinfahren wollen. Frau Sandner hatte er von

New York vorgeschwärmt. Aber die Sonne und die Wärme siegten schließlich in seiner Planung.

Ein blauer Himmel, weiße Boote, einzelne Schwimmer. Eine herrliche Ruhe.

Er schloss die Augen.

Ein Schatten fiel auf ihn.

Er schaute auf. Eine Frau stand neben seinem Liegestuhl, eine Frau, die Melcher kannte.

„Frau Sandner, Sie hier?" Melanie Sandner, wieder ganz in Blond, stand in einem knappen, die Figur betonenden Bikini neben seinem Liegestuhl und blickte ihn überrascht an. Melcher war, als zöge kurz ein Schatten über ihr schönes Gesicht.

„Herr Melcher, ich wusste nicht, dass Sie hierher wollten. Ich habe Sie anderswo vermutet! Hatten Sie nicht vor, nach New York zu reisen?" Sie zögerte kurz, sprach dann rasch weiter. „Jedenfalls eine Freude, Sie zu sehen. Wir könnten uns vielleicht später an der Bar treffen?" Melcher sagte zu.

Sie verabschiedete sich rasch, setzte ihre große Sonnenbrille auf und eilte dem Strand entlang einem Mann entgegen, der in einiger Entfernung auf sie wartete. Melcher beschattete die Augen und spähte dem Paar hinterher. Den Mann kannte er noch nicht. Er war auf alle Fälle nicht der gleiche wie der, mit dem er Frau Sandner in der Mordnacht gesehen hatte. Die Dame hat einen gewissen Verbrauch, dachte er. Und fragte sich, halb im Spaß, halb im Ernst, ob er, Melcher, sich vielleicht in Acht nehmen müsse.

Das Treffen am Abend verlief entgegen allen erhofften Erwartungen harmlos. Melcher und Melanie Sandner unterhielten sich über Land und Leute, übers Surfen und die guten Tauchmöglichkeiten. Das Gespräch plätscherte angenehm dahin, wenn Melcher mitunter auch das Gefühl hatte, als sei Frau Sandner etwas nervös. Nach einer guten Stunde verabschiedete sie sich von Melcher. Meinte, vielleicht sehe man sich morgen am Meer.

Er blickte ihr nach, wie sie mit schwingenden Hüften davon ging und bedauerte die Harmlosigkeit ihrer Begegnung. Melcher bestellte beim Barmann eine weitere Piña Colada.

Dabei fiel sein Blick auf einen Zettel, auf den Melanie Sandner herum gekritzelt hatte. Drei ineinander laufende Spiralen. Wo hatte er das schon einmal gesehen? Er zuckte die Achseln, wenn es wichtig war, würde es ihm schon noch einfallen.

Eine Stunde später hatte Melcher genug, stand auf und ging mit etwas schweren Schritten in sein Zimmer. Er öffnete die Tür.

Etwas lag auf dem Boden. Eine menschliche Gestalt. Mit dem Gesicht auf der Erde, regungslos wie tot. Melcher trat vorsichtig zu dem Körper hin. Er beugte sich zu vor, drehte den Leib um. Er sah in das Gesicht der Frau, der Frau, mit er vor zwei Stunden noch an der Bar gesessen hatte – Melanie Sandner. Ihre Augen waren weit geöffnet, das Gesicht zu einer Grimasse verzogen. Und in ihrer Brust steckte ein Messer. Neben ihr eine Handtasche, geöffnet und der Inhalt auf den Boden geleert. Rasch prüfte er, was dort lag. Nichts von Belang, eine Zigarettenschachtel, eine kleine Dose, der Geldbeutel, ein Handy.

Ein Geräusch ließ ihn auffahren. An der Tür stand – die Frau, nein, das konnte nicht sein. Melanie Sandner lag doch vor ihm am Boden! Und etwas, eine Kleinigkeit, störte ihn. Er kam nicht dazu, seinem Eindruck nachzugehen.

Die Melanie Sandner an der Tür, ebenso blond, genauso hoch gewachsen, langbeinig und umwerfend wie die Tote, hielt in ihrer Hand eine kleine, bösartig aussehende Pistole. Sie richtete den Lauf auf Melcher. Melcher versuchte sich zu verteidigen. „Das ist nicht so, wie Sie denken. Ich habe die Frau nicht ermordet!" Die Frau an der Tür lachte nur böse. „Das weiß ich längst. Es geht um etwas anderes. Warum müssen Sie hier aufkreuzen? Sie hätten das Geld auch woanders verprassen können." „Frau Sandner, ich verstehe nicht. Wer ist die Tote? Und wer sind Sie?" „Haben Sie es noch nicht kapiert?" Die Blonde lachte erneut.

Auf einmal erkannte Melcher, was an ihr anders war. Er blickte zur Toten und dann wieder ihr Gegenstück. Das

Haar der Toten schien gefärbt, war es ursprünglich rot gewesen? An ihrem Kinn prangte ein Muttermal und dieses fehlte der lebenden „Melanie Sandner". Die Frau bemerkte seinen Blick und lächelte spöttisch. „Kapiert? Dachte ich mir, dass Sie früher oder später darauf kämen. Und das hätten Sie nicht dürfen."

Sie hob langsam die Waffe. Melcher fiel plötzlich ein, wo er die drei ineinander laufenden Spiralen schon einmal gesehen hatte. Und er dachte an die beiden Frauen im Café, die er beobachtete, als er Melanie Sandner gefolgt war. Eindeutig, Melanie Sandner hatte bis vor kurzem eine Schwester gehabt und diese Tatsache geschickt genutzt.

„Die Tote ist Ihre Zwillingsschwester und Sie haben sie ermordet! Wie Ihren Mann! Diesmal werden Sie nicht davonkommen. Denn ich werde Ihnen kein Alibi mehr geben, schon gar nicht als Toter."

„Das lassen Sie meine Sorge sein, Herr Melcher", antwortete lächelnd seine ehemalige Klientin und drückte ab.

Ein scharfer Schmerz in der Brust – und für Melcher versank die Welt in ein grau-schwarzes Anderswo.

Autorenverzeichnis

Beindorf, Heinrich (Köln).
    Zeitspringer
Böhme, Vera (Essen).
    Nie mehr
Diem, Angelika (Bludenz/Österreich).
    Der Waran und die Schlange
Habenicht, Yvonne (Berlin).
    Veras Lachen
Langheld, Günter (Handeloh).
    Das Medaillon
Larf, Rena (Hamburg).
    Aber mich betrügt man nicht ...
Lesky, Franziska (Stuttgart).
    Eis
Ludwigs, Sabine (Lünen).
    Der Job
Markert, Eva (Ratingen).
    Bis dass der Tod sie scheidet
Ochs, Jutta (Frankfurt).
    Bruno
Ostertag, Heiger (Stuttgart).
    Anderswo
Rimkus, Claudia (Hannover).
    Bis dass der Tod uns scheidet
Reulbach, Jochen (Würzburg).
    Der König von ...
Stöcklin, Oskar (Binningen/Schweiz).
    Der Fremdenführer
Sturzenegger-Post, Silvia (Fehraltorf /Schweiz).
    Rosie
Walter, Christa-Eva (Essen).
    Ein Urlaub mit ungeahnten Folgen ...
Wenzel, Henning H. (Köln).
    Der Kauz
Winteler-Juchli, Karin (Berg-Dägerlen/Schweiz).
    Falsch zugestellt